Hayykitap - 432
Edebiyat - 49

Beni Neden Sevmedin?
Zeus Kabadayı

Hayykitap Edebiyat Yayın Yönetmeni: Caner Yaman
Kapak Tasarımı: Latif Çetinkaya
Sayfa Tasarımı: Turgut Kasay

ISBN: 978-975-2477-58-2
1. Baskı: İstanbul, Kasım 2017
5. Baskı: İstanbul, Ocak 2018

Baskı: Yıkılmazlar Basım Yay.
Prom. ve Kağıt San. Tic. Ltd. Şti.
Evren Mah. Gülbahar Cad. No: 62/C
Güneşli - İstanbul
Sertifika No: 11965
Tel: 0212 630 64 73

Hayykitap
Zeytinoğlu Cad. Şehit Erdoğan İban Sk.
No: 36 Akatlar, Beşiktaş 34335 İstanbul
Tel: 0212 352 00 50 Faks: 0212 352 00 51
info@hayykitap.com
www.hayykitap.com
facebook.com/hayykitap
twitter.com/hayykitap
instagram.com/hayykitap
Sertifika No: 12408

Beni Neden Sevmedin?

Zeus Kabadayı

Zeus Kabadayı

Zeus Kabadayı, 1990 İstanbul Üsküdar doğumludur.

"Hayalim", "Karanfil" ve "Haykırış" isimli üç müzik albümü çıkarmıştır. Youtube'da senaristliğini ve yönetmenliğini üstlendiği Yarabandı isimli dizinin aynı zamanda oyuncu kadrosunda da yer almaktadır. ***Beni Neden Sevmedin?*** yazarın ilk kitabıdır.

Bir kadın geçiyor içimden.
Elleri saçlarında, adımları güçlü ve sakin,
içime işleyen bir kadın.
En büyük mücevheri dudağının kenarına
taktığı gülümsemesiydi benim için.
Ve elinden her an düşmeye hazır son sigarası.
Ona baktığım her vakit tazeleniyordum.
Kusursuz bir cinayet gibiydi...

Beni Neden Sevmedin?

Beni neden sevmedin?

Bu soruyu kendine çok sordun mu sen de? Ben çok sordum.

Neden sevmedi?

Yanlış bir insan olup olmadığını kendin de bilirsin, kendi yanlışların bellidir. Zaten o sevmediyse yanlış kesin sendedir.

Peki neden kendini düzeltmeye çalışmıyorsun? Madem sorun sende?

Ben onu sevdim, hem de çok sevdim. Benim için kusursuzdu, altın orandı.

Yaradılışın en güzel hali, cennettin kapıları gibiydi.

Ya sonra? İşte o soru çıkageldi...

Beni neden sevmedin?

Çünkü ben onun için öyle değildim, benim hep kusurlarım vardı, bir şeyler hep eksikti, hep bir kötüydüm ben.

Çok da haksız değildi.

Hiçbir zaman, beni sevmiyorsa sorun bendedir diye düşünmedim, kendimde kusur aramadım, sadece çok sevmek yeter sandım.

Ama artık düşünüyorum.

Sevilmemenin sebebi ben olabilirim, neden olmasın?

Beni sevmedi diye onu suçlayacak değilim, belki benim de düşünmem gereken şeyler vardır. Bu bir özveridir ve özveride bulunmadan devam ettiremezsin güzel şeyleri.

Hatırla. O yanındayken kendini nasıl hissediyordun? Mutlu değil miydin?

Mutluydun. Onun parmak uçlarından öpüp, yoluna kurban olurum demedin mi? Dedin.

Yine de gitti.

Sonra da kendine sorup durdun, ben onu bu kadar severken nasıl olur da gider diye? Hep ona yönelttin soruları, kendine hiç sormadın.

Gel kendimize sorular soralım bu sefer, gel beraber oturalım şu pencere önünde, sen bir yıldıza bak anlat derdini, ben başka bir yıldıza.

Anlattıkça iyileşiriz belki. Kendimizi dinledikçe döner gidenler belki.

Dönmezlerse, sen bana üzülürsün, ben de sana. Elden bir şey gelmez bazen, alış buna da.

Sen de bir gün okursan bu yazıları sevgilim, seninleyken kusuruz olamadığım için özür dilerim, bağışla beni.

Kaybedenlerin, arkada kalanların, pencere önünde yıldızlara bakıp öylece duranların, durmadan soracağı tek sorudur bu, belki cevabı bile yoktur.

Beni neden sevmedin?

Cevabını bulamazsın belki ama kendi içine yeterince bakarsan, bir daha bu denli yaralanmazsın, kendini biraz daha tanırsın.

Sevginin olmadığı bir hayat yarımdır ve sevgiye ihtiyaç duymamak koca bir yalandır.

Pencerenin önünde yetiştirdiğin çiçeğin bile sevgiye ihtiyacı vardır.

Ve üzerine düşeni yapmadığında, ona yeterince sevgi ve ilgi göstermediğinde, yani kusur sende olduğunda, o çiçek solup gider.

Kural bu.

Bunu görmeli ve kendini herkesten önce kendin sorguya çekmelisin.

Asla kolay bulunmayan o şeyi, sevgiyi, bencillikle kaybetme. Soruları kendine sormaktan çekinme.

Sen kendini tanıdıkça daha da büyür içindeki sevgi.

Ve kadınım...

Güzel kadınım benim.

Bu sorunun ilk muhatabı benim aslında, biliyorum.

Bir gün gelirsen, ben yine o pencerenin önünde olacağım. Biraz sakin, biraz utanmış ve hâlâ sana olan sevgiyle dolup taşmış...

Beni neden sevmedin?

Önce kendime, sonra sana soracağım. Öğrenmeliyim.

Ve bu sevgiyi yitirmektense, beslemeli, daha da büyütmeliyim...

Lakin, bir kadın...
Sorulara hükümsüz, cevaplara sağır
ve bana kör.
Öyle sevilesi, öyle küştah...

Affet,
Ama Neyi Affettiğini Unutma

Affetmek bir erdemdir çünkü. Ben hayatım boyunca hep affettim, bazıları bana aptal diyor, bazıları saf, salak...

Bazen kendi kendime ben de diyorum bunu, merak etme.

Çünkü aldatıldım, affettim, dayak yedim, afettim, dost kazığı yedim, afettim, bırakıp gittiler, terk ettiler, yine afettim...

Ama neyi affettiğimi unutmadım. Yeri gelince de hep suratlarına vurdum, ne de olsa affetmenin de bir şekli var değil mi?

Kimileri affedince her şeyi unutur, biliyor musun ben o insanlara çok özeniyorum. Onlar unutuyorlar ama ben unutamıyorum. Affediyorum evet, ama bana yaşatılanlar bir hastalık gibi beynimi kemirmeye devam ediyor.

Önce terk ediyor ve gidiyor diyelim, sonra geri dönüyor. Kıyamıyorum, "tamam, tekrar barışalım" diyorum. Ama beynimde, beynimin içinde her gün suratına karşı içten içe bağırıyorum avazım çıktığı kadar.

"Yine gideceksin değil mi, yine bırakacaksın, yine terk edeceksin beni!" diye kendimi yiyorum. Bir süre sonra da kendimi bir güvenlik duvarının içine kilitliyorum. Herkes, her an gidebilirmiş gibi yaşamaya başlıyorum. Gidiyor yine. Giderler çünkü.

Yaşadıklarım geçiyor gözümün önünden bir bir.

"Ne hale geldin be oğlum?" diyorum kendi kendime. "Ağladın, eve geldin ev bomboş, cama çıktın ama yine de nefes alamadın, başka odaya gittin duramadın, kokusu hapsolmuş orada. Koca evde, koca hayatta kendini koyacak bir yer bulamadın..."

Kısacası,

"Mahvoldun be oğlum, yazık ettin kendine" diyorum.

Öyle boş boş bakma kendine aynalarda, toparla kendini. Bunu söylemek zor olsa da, bir gün elbet söylersin. Bir gün elbet silkelenir, kendine gelirsin. Yeni başlangıçlara doğru zor da olsa bir adım atar ilerlersin.

Aradan günler geçer, tam yaralarım iyileşiyor dersin,

bir gece çıkıp gelir, yürüdüğün yoldan geri çevirir yine.

"Sensiz yapamam" der, gözlerine dalar gidersin, gülümser. Her şeyi unutursun yine.

Sil baştan, başa dönersin.

Yine de her şeyi olduğu gibi koyamazsın eski yerine, bir kere gideni olduğu gibi geri getiremezsin.

Bakıyorum da şimdi, sanki o eskisi gibi kokmuyor artık. Gülüyor, ama biliyorum, eskisi gibi gülmüyor ya da gülüşü aynı ama içimde o güzel duyguları uyandırmıyor. Dışarı çıkıyoruz, sanki elimi tutan başkası. Daha sıkı tutuyor belki de elimi, ama "ne olurdu terk etmeden önce de böyle tutsaydın elimi?" demekten kendimi alamıyorum. Çünkü kendimi biliyorum, elimi her zaman böyle sımsıkı tutsaydı, her şey çok başka olabilirdi.

Kendimi kilitlediğim o güvenlik duvarından çıkaramıyorum artık kendimi, ne yaparsa yapsın çıkaramıyorum, kendimi eskisi gibi adayamıyorum ona. Çünkü her şey ne kadar güzel görünürse görünsün, derinlerde bir yerde, biliyorum. Biliyorum sevdiğim, biliyorum kadınım...

Yine gideceksin.

Kalsan bile, affetsem, unutsam, her şeye yeniden başlasak bile, dışına bir adım atmaktan bile korktuğum kendi güvenli duvarımın içinde, eskisi kadar sevebilir miyim seni?

Biz, eski biz olabilir miyiz artık sence?

Bir kere giden, gidebilen, sonsuza dek gitmemiş midir zaten?

Bir günah siliniyor her acıma.
Başka birine anlatmak gibi kendini,
Yıllarca büyüttüğün bedenini
Aşk denilene satmak gibi...

Aldatmak

Aldatmak. Aldatılmak. Hangisi daha kötü?

Bir şey itiraf edeceğim. Ben çok aldattım.

Hep merak eder ya hani aldatılan taraf, bunu nasıl yapabilir diye? Yapabiliyorsun işte.

Kavga ettin mesela, seni sevmediğini söyledi ya da herhangi kötü bir şey canını yakan, yüreğine dokunan...

Sırf hırsından aldatırsın, sırf sinirinden. Canını yaktı diye. Onun da canı yansın diye...

Aldatınca güzel mi oluyor sanıyor sayın aldatılan? Anlatayım...

Karşındaki seni tanıyor, belki de uzun zamandır fırsat kolluyor, sen tanımıyorsun, haberin yok, duygun yok, hiçbir şeyin yok ona karşı. Ama tam zamanında karşına çıkıyor işte, denk geliyor ya da getiriyor, bilmiyorum. Sonrası malum. Açık olacağım, kim keyif almaz ki o anlardan?

Ama sıkıntılı taraf orası değil. Başkasıyla birlikte olduktan sonraki an en büyük sıkıntı. Kendine sorular soruyorsun durmadan, kendine yükleniyorsun.

"Değer mi? Değer miydi? Ne olacak şimdi?

Ya benimle uyumak isterse? Bunu yapamam ki? En ufak şey hissetmediğim biriyle uyuyamam ki ben. Neden öpmeye çalışıyor hâlâ beni, kalkıp gitse ya evine!" Beyninde milyonlarca soru. Seni, onu, bunu bıraktım. Kendinden nefret ediyorsun. Hem de öyle bir nefret ki, kendine katlanamazsın.

Kendine küfür ediyorsun. Ayağa kalkıyorsun, bir sigara yakıyorsun sonra. O zannediyor ki keyif sigarası yaktın. Aslında o sigarayla kendi içini yakıyorsun. Zamanı geri almak istiyorsun. Ayakta dursan olmuyor, otursan olmuyor, daha demin müthiş keyif aldığın sevişmeler o an senin için mide bulantısından öteye geçemiyor. En kötü yanı da, o sigara hiç bitmesin istiyorsun, yalnız kalmak istiyorsun, bir sigara içiminde kendi yalnızlığına sığınıyorsun...

İnsan bir tavanı ne kadar izleyebilir? Kaç dakika? Kaç saat?

Ben bir gece boyunca izlediğimi biliyorum.

Sonra sabah oluyor, o gidiyor. Hep önünde oturduğun pencerenin perdesini yavaşça kapatıyorsun, utanıyorsun ondan. Pencerene bile ihanet etmiş gibi hissediyorsun. Terk ediyorsun odanı. Bir süre geçiyor, o tertemiz duygularla sana geliyor, barışıyorsunuz. Sen? Yalan söylüyorsun. Mecbursun. Ne diyebilir ki insan?

Aldatılanın gözünden hiç bakmadım ben, yani bakamadım. Bunu yaşamayı bırak, kendimi onun yerine koyamadım bile. Ya şimdi o da aynısını yaptıysa bana? Ya o da beni aldattıysa, başkasına dokunduysa? Ya bundan keyif aldıysa, hiç pişman olmadıysa? Delirecek gibi oluyorum!

Kulak verin.

Ya sevmeyin kimseyi, sevecekseniz de üzmeyin.

Sevdiğiniz tenden başka tene dokunmak elbet yakar yüreğinizi. Orada mutluluk diye bir şey yok. Oraya iten ne varsa içinizde, unutun, duymayın onu, kaçın o duygudan. Sonunda acı çekeceksiniz.

Üzmek, canını yakmak, hele ki en sevdiğine bunu yapmak. En büyük günahlardan biridir bu kesinlikle. Ben kendimi onun yerine koyuyorum ve o an dünya başıma yıkılıyor. Kimsenin dünyasını başına yıkmayın. Hayatınızın aşkını bulduğunuz zaman da ne kadar kavga ederseniz edin, sahip çıkın o temiz duygularınıza.

Ayrıldınız mı? Her şey bitti mi? Başkasıyla olacaksanız da bundan emin olun önce.

Peki ben ne mi yapıyorum? İçimde bir damla bile kalmayıncaya kadar bekliyorum artık. Daha fazla canım yansın istemiyorum. Daha fazla can yakmak istemiyorum. Kim bilir... Ona karşı içimdeki her şey belki biter bir gün.

Biter mi?

Sevgi biter mi?

Sevgi bitince her şey düzelir mi?

Bilmiyorum...

Bildiğim tek şey var. Hayvan herifin tekiyim...

Çünkü ben kaçmazsam,
Sana gelirim...

Bana Yazmak İstediğini Biliyorum

Bana yazmak istediğini biliyorum.

Bunu bilmek güzel bir şey. Bilmek güzel de, yazmıyorsun ki.

Yani bir kere yazsan her şey daha güzel olabilir. Mesela ben gelirim ya da sen gelirsin, çok kavgalıysak bile bir orta yerde buluşulur, bir şey olur. Yeter ki insan istesin.

Ayrılıklar yüreğini duyuncaya kadar sürer. Dinle yüreğini.

Bana yaz. Çünkü ben sana çok yazdım. Yazdım ama ulaşmadı. Ben çok gelmek istedim sana, emin ol. Ne zaman mı vazgeçtim?

Bir gece uyandım, tamam dedim, gideceğim. Üstümü

giyindim, dışarı çıktım, yürüdüm.

Sana ne diyeceğimi düşündüm. Kafamda her şey hazırdı. Sizin sokağın başındaki bakkala girdim, bir su aldım çıktım. Kaldırıma oturdum, ellerim titriyordu. Sonuç olarak benimle görüşmek istemiyordun ama ben de yüzsüz gibi kapındaydım işte. İçimde bir umut vardı, kesin bana yazmak istiyor ama gurur yapıyor diyordum, kesindi, buna inanıyordum. Seninle ne konuşacağımı beynimde en ince ayrıntısına kadar tasarladım, şunu derse şu, bunu derse başka bir şey, onu da derse şununla cevaplarım diye kafamda bir ton matematik yaptım. Gücümü topladım, ayağa kalktım ve sizin sokağın başına geldim.

Işıkların kapalıydı. Ya dedim, şimdi uyuyorsa? Rahatsız etmeyeyim çünkü biliyorum uykundan uyanınca ilk bir saat çok huysuz olursun. Dedim ki ne kadar huysuz olursa olsun gideceğim, artık dönüş yok. Tam kapına doğru yöneldiğim anda yatak odanın ışığı yandı, aha dedim uyandırdım. İyi. Hadi oğlum, tam zamanı diye kendimi cesaretlendiririrken bir ses duydum. Pencerenin sesiydi, hemen köşeye saklandım beni görme diye, ani bir refleksle. Sonra kafamı kaldırdım, kaldırmaz olaydım... Pencerede bir adam sigarasını yakmaya çalışıyordu. Nitekim yaktı da. Kafamdan aşağı kaynar sular dökülmüştü. Sanki sokak sustu. Köpekler sizin orada çok havlar bilirsin, onlar bile bir anda kıpırdayamaz oldular. Tek duyduğum şey, sigarayı içine çekersin de çıtır çıtır ses gelir ya, oydu işte. Ben o sigara içmeyi çok iyi bilirim. Onun sesi başkadır.

İçimden, bunu görmek için mi uyandım da buraya geldim dedim. İlahi adalet. Teşekkürler. Cezamı aldım.

Yine de hâlâ inanmak istemiyordum. Bu o değildir, öyle bir şey değildir bu. Kuzenidir bir şeydir, ne bileyim arkadaşıdır. Gözümü kırpmadan sadece pencerene bakıyordum.

Sonra seni gördüm o pencerede. Benim kulaklarım iyi duymaz bilirsin, top patlasa yanımda, dönüp bakmam. O kadar sessizdi ki sokak, tek duyduğum şey, seni seviyorum cümlesi oldu. İlk defa o cümleden bu kadar nefret etmiştim çünkü o cümle bana değil başka bir adama aitti artık.

Arkamı döndüm ve gerisingeri evime gittim.

Duydum ki şimdilerde her gün dayak yiyormuşsun. Geçenlerde suratın tanınmaz hale gelmiş. Üzüldüm. Ben senin adına üzüldüm kadın, her şeye rağmen sızladı içim, keşke olmasaydı dedim, kimse hak etmez çünkü bunu.

Ve ben hâlâ merak ediyorum, o ceza bana mı verildi, yoksa sana mı?

Hak ettik mi diye sormuyorum, bu hayatta herkes

bir şekilde hak etmediği cezaları çekiyor zaten.

Bir arkadaşın aradı geçen gün, "Görüşmek istiyor seninle" dedi.

Bana yazmak istediğini, hatta aramak istediğini biliyorum zaten.

Susuyorum herkese.

Böyle olmasaydı keşke diyorum,
ama hep böyle olur, biliyorum.

Aşkın Gözü Kör Diyorlar

Kim diyor onu? Kim diyorsa çıksın da bir konuşalım.

Madem aşkın gözü kör, ben neden onun terk edişini seyretmek zorunda kaldım?

Aşkın gözü kör falan değil arkadaş. Kör olsaydı, ben ne beni terk edişini görürdüm, ne benden gizli başkalarıyla mesajlaştığını, ne beni aldatmasını ne de aslında başka birine âşık olmasını.

Ben her şeye olumlu bakan biri değilim, kimse de bana Polyannacılık oynamasın.

Hayatımda olduysam, iki kere âşık olmuşumdur, ikisinde de her şeyi gayet net gördüm.

Ama kendi kendime çok dua ettim, ne olurdu aşkın

gözü gerçekten kör olsaydı diye. O zaman hepimiz mutlu olurduk değil mi?

Hiç değilse terk etmesini izlemezdik.

Benim gözümün içine baka baka, "Bitti artık" dedi, arkasını döndü. Ben daha ağzımı açmadan "Lütfen bir şey deme, işleri daha da zorlaştırma" dedi. "Gitme" bile diyemedim.

Sen olsan zorlaştırır mıydın işleri?

Yine de çabalar mıydın son bir konuşma için mesela?

"Ama ben seni çok seviyorum" der miydin? Ben demem! Yani diyemem, utanırım. Biri artık beni istemiyorsa, içindeki her şey tükenmişse bana karşı, nasıl diyebilirim ki?

Bir iki adım attı, zorladım kendimi. Gitme dedim, zorla da olsa diyebildim. Gitme demek çok zormuş biliyor musun? İlk kez o sahilde anladım bunu. Sırtıma kocaman bir yük bindi, afalladım, sarsıldım, taşıyamadım o kelimeyi.

Şeyi fark ettim bir de. Ben gitme dediğimde o benden bir iki adımdan çok daha fazla uzaklaşmış. O kadar çok izlemişim ki yürüyüşünü... Saçlarını... Adım adım uzaklaşmasını... Fark edememişim ne kadar uzaklaştığını, beni duymayacağını bile anlayamamışım.

Kabul. Gerçekten kabul. Aptalım ve ben bir aptal olarak, onun benden uzaklaşmasını aşkla seyrettim. "Teşekkürler" dedim kendi kendime, "hiç değilse bunu yüzüme karşı söyledin."

Sırf bunun için bile âşık olabilirdim ona, çünkü giderken izin verdi bana son kez, seyretmeme, kokusunu son kez duymama izin verdi. Çünkü ben o olmadan da onu sevebilir, bu aşkı yaşatabilirim.

O uzaklaştı, ben gölgesi kaybolana kadar izledim. Bir taksi çevirdi, elini kaldırdı. Elini kaldırdığında bana, eskiden beni görünce el sallamalarını hatırlamam için izin verdi aslında. Teşekkür ederim. Sevgilim...

Sonra taksiye bindi. Kapıyı kapattığı anda çıkabildi ağzımdan gitme kelimesi, şimdi fark ediyorum ancak o zaman gitme diyebildiğimi.

Zaman varken gitme diyebilseydim, avazım çıktığı kadar bağırabilseydim gitme diye, acaba kalır mıydı ya da tersler miydi beni?

Bunu asla bilemeyeceğim.

Olsun. Canı sağ olsun. Bana bıraktıkları yeter...

Onu hissettim, en derinimde sevdim. Sesini duydum, gülüşüne dalıp gittim, gözyaşlarına dokundum. Giderken saçlarının nasıl dalgalandığını izledim. Elini kaldırdı, o güzel anılarım canlandı. Hiç değilse bunları yaşadım, yaşayabildim.

Eve geldim, bir sigara yaktım...

Şunu sordum kendime.

Aşkın gözü kör olsaydı, ben tüm bunlardan mahrum kalsaydım, şu an onu unutmuş olmaz mıydım?

Unutulacak bir kadın değildi o, benim de gözlerim kör değildi.

Hepsi bu.

Bir öpmeye ayrıldık.
Masal kitapları yakılsın.

Beni Sevmediğin Günleri Özledim

Özlemek güzel şey...

Yani bir insanın her şeyini özleyebilirsin. Gözlerini, dudaklarını, saçlarını, kokusunu, davranışlarını... Bunların hepsi tamam.

Bense senin, beni sevmeyişlerini özledim.

Bana bağırmalarını, "Yeter, git" demelerini, bitmek bilmeyen kavgalarımızı özledim. Çünkü o zamanlar, sinir harbiyle birbirimize onca şey söylerken bile bir umut vardı. Benimdin. Kavga ederken de benimdin, bağırırken de, duvarları yumruklarken bile benimdin.

Peki ya şimdi? Keşke benim olsa da yine kavga etsek diyorum. Kavga etmek de bir umuttur, sonuç olarak umurunda olmayan biriyle kavga bile etmezsin. Ama eğer içinde herhangi bir duygu varsa, bunun içine nefret de dahil, bir ışık vardır orada küçük de olsa. Bir duygu, bir hareket, bir şey. Sen koy adını.

Ama şimdi sana yüzlerce mesaj attım, "Seviyorum" dedim, "Gel" dedim, küfür bile ettim. Aslında kendime ettim. Yanıt vermedin. Sen yanıt vermedikçe içimdeki o sevgiye sahip çıkmayı öğrendim ben.

Yokluğun da tadı varmış.

Yokluk kahvesi denen bir şey varmış, tarifi şöyle:

İki adet fincan alıyorsun. Birinci fincana şekersiz bir kahve, diğerineyse kendi ağız tadına göre...

Bir güzel yapıp, sürekli oturduğu koltuğa gidip oturuyorsun. Sonra ağız tadıyla yaptığın o kahveyi içip gözünün önünden geçen bir filmi izler gibi o filmi izliyorsun kahveni içerken.

Hatırlatayım, hayallere dalınca çok zaman geçiyor, diğer kahve soğuyor. Sonra acı geliyor o kahve. Sen ona bakıyorsun o sana. Sonunda eline almayı başarıyorsun o soğuk ve acı kahveyi. Son kavgayı nerede ettiniz? Evin hangi köşesinde? Oraya git ve sırtını yasla duvara. Söylediklerini hatırla, o kötü sözleri, o bağrışmaları, hepsini hatırla. "Seni sevmiyorum, defol git" deyişlerini hatırla. Oraya git ve hazırlıklı ol, çünkü canın biraz sıkılacak. Tek bir yudum al şimdi o kahveden ve yeniden hayal etmeye başla.

Ne gördün?

Çok acı değil mi? Kahvenin tadından da acı değil mi gördüklerin?

İşte bu yaşadığın his gerçek olan, o kahveden de gerçek.

Sana karşı böyle artık o, soğuk, acı. Onun için hiçbir şey ifade etmiyorsun, hak ettin, bunu kafana sok!

Sakın o bardağı yarıda bırakma çünkü bırakırsan unutamayacaksın. Unutmayı bırak, ondan sonraki kız arkadaşlarına da aynısını yapacaksın. İçmeye devam et o yokluk kahvesini. Sonuna geldiğinde anlayacaksın kimin hatalı olduğunu. Sen ya da o, ne fark eder. İkiniz de kaybedensiniz şu anda. Derslerini çıkar bu zor durumdan. Yaşananlar hiçbir zaman boşa yaşanmamıştır. Orada sana göz kırpan bir umut ışığı her zaman vardır, görmelisin onu.

Her şeyin güzel olacağına olan inancını yitirmemelisin.

Çok bilmişlik yapmayı sevmem, ama biliyorum.

Nereden mi?

Şu an salondayım, sırtım bir duvara dayalı ve soğuk kahvem bitti.

O kadar acı yapmışım ki midemi bulandırdı...

İlerideki eşime not:

Sana bunları yapmayacağım.

Seni hep seveceğim. Ne pahasına olursa olsun...

Bugün Sensiz Ölürüm Diyen Yarın Bensiz Yaşa Diyor

Gel.

Otur şöyle...

Sen bir şeyin farkında değilsin.

Ben dünyada ne kadar kadın varsa reddettim senin için, bunu biliyorsun değil mi? İlk zamanlar "Ben sensiz ölürüm" diyordun, hatırladın mı? Ama aynı sen, bugün "Bensiz yaşa" diyorsun...

Sahilde senin için taş topladım bugün, belki cebine doldurur denize girersin diye. "Bu kadar mı senin sevgin" diyorsun şimdi, duyar gibiyim. Seni terk ettim diye ölmemi istiyorsun diye geçiriyorsundur içinden. Hayır, amacım ölmen değil. Sadece bana yaşattığın durumu anlaman.

Ben yüzme bilmeyen bir çocuktum ve sen kolumdaki kollukları çıkardın, ayaklarıma zincirle taş bağladın ve şimdi bunu kaldır, al kucağına ve denize doğru yürü diyorsun, yaptığın tam olarak bu.

Ben yürümesine yürürüm de, sen beni kurtarır mısın peki? Orada olur musun benim için? Orada olacağını bilsem hiç tereddüt etmeden yürürdüm o denize doğru, kendimi suya atardım, bunu biliyorsun değil mi? Çok iyi biliyorsun.

Ama sen bitti diyorsun şimdi...

Derin bir denizde çırpınıyor, yüzmeye, batmamaya çalışıyorum şimdi. Sensiz. Sesin kulaklarımda çınlıyor.

"Sen daha iyilerine layıksın!"

Ben sana mı soracağım kime layık olup olmadığımı? Hiç sevmedin demek ki. İnsan sevince gitmez, insan sevince git demez, başkası demez, başkasına layıksın demez. Demez ulan işte!

Ama sen dedin işte, onca yaşanmışlıktan sonra bunları diyebildin. Teşekkür ederim.

Artık kimseye güvenmemem gerektiğini öğrettiğin için, dakikalar içinde bir insanın nasıl değişebileceğini gösterdiğin için, beni bir yalana ortak ettiğin için, bir daha kimseyi sevmemeyi öğrettiğin için teşekkür ederim...

İzin verirsen şimdi biraz küfür edeceğim, kulaklarını kapatır mısın, beni böyle hatırlamanı istemem.

Ya da hatırla ya, böyle hatırla beni. Ne kadar kırdığını, beni parçalarımı bile toplayamaz bir hale nasıl getirdiğini hatırla hep, çıkmasın aklından.

Sana layık bir adam olmam gerek bundan sonra. İlgisiz, sevgisiz, soğuk ve uzak...

Tam olarak böyle olacağım artık, öbür türlü olmanın bir değeri yok. Beni doğru bir adam haline getirdiğin için de teşekkür ederim sana. Çünkü ben bu zamana kadar böyle büyük sevmekle, her an seni düşünmekle, kendimi unutup senin için yaşamakla çok büyük bir hata yaptım!

Özür dilerim!

Umarım hakkını helal edersin.

Bu zamana kadar ne kadar yanlış bir adam olduğumu öğrettin bana.

Artık tam da istediğin o adam olacağım, emin olabilirsin.

Söylesene, şimdi affettin mi beni?

Saniyeler kovalarken kollarından ayrılışımı.
Tek şahidim zamandı.

Diyemedim

Ağzına ne gelirse söylemeyi denedin mi hiç? Ama ne gelirse...

Mesela tam arkasına bakmadan giderken, "Dur gitme! Ben seni çok seviyorum!" diyebildin mi? "Sensiz harap olurum" dedin mi? "Sen ne gitmesinden bahsediyorsun geri zekâlı, ben her gün paket paket sigarayla dans ediyorum" diyebildin mi? Gururunu bir kenara bırakıp bu kadar açık yürekli bir şekilde dökebildin mi içini?

Ben diyemedim.

Çok demek istedim de olmadı...

Yani o giderken gidişini seyredebildim sadece, o kadar.

Ben şey de demek istedim...

"Benimle evlenir misin?"

Ama olmadı. Hiçbir şekilde olduramadım.

Yani her şey tamamdı aslında ama, ben şey yaptım. Geciktim. Geç kaldım...

O sabah etmeliydim. Benden gitmeden önceki son sabah. Uyandık. Saçı başı dağılmıştı, "Günaydın" dedi. O haliyle çok güzeldi, herkesten ve her şeyden güzeldi.

Gözleri kocamandı, masmaviydi. Saçları sarı. Yani tam sarı değil, kumral gibi sanki, ne bileyim. Bal rengi işte. O an elim kolyeme gitti. Tam çıkarıp teklif edecektim. Olmadı. Sonra kavga ettik. Gitti.

Gitti de...

Sanki bir parçamı da yanında götürdü.

İnsanlar mesela ayrılır, biri bir tarafa gider, öteki bir tarafa. Ama ben o tarafa gidemedim. Diyeceğim çok şey vardı, diyemedim.

O gittikten sonra sadece yatağa yattım. Ben, 1.87 boyunda, yüz kilo adam, cenin pozisyonunda, ellerim suratımda yattım sadece. Bunu yapabildim. Uyudum da. Ama onunla giden parçam eksik kaldı. Ne yapacaktım?

Peşinden koşarak gitsem bir dert, kocaman adam bir çocuk gibi yatakta yatıyor ve hiçbir şey yapamıyor ayrı dert. Sen ne yapardın?

Ben bu soruyu hep arkadaşlarıma sorarım, zaten iki üç arkadaşım var o kadar. Birisi de sensin şu anda.

Sen ne yapardın arkadaş?

Ben o şekilde uyumuşum, uyandım. Evi dolaştım. Aldım elime kalem kâğıt, diyemediğim her şeyi yazmaya başladım. Mesela ilk banyoya gittim, kapısından baktım. Ben ona hiç "Çok güzelsin. En çok da saçlarına bayılıyorum" dememiştim. Hemen yazdım onu ve attım yere. Sonra salona gittim, televizyon izlerken ağzı açık izlerdi hayranlıkla, sanki ilk defa izliyor gibi. "Ağzını kapat sinek kaçacak" yazdım, kendi kendime güldüm. Onu bile "ha ha ha" şeklinde yazdım. Sonra yatak odamıza gittim, zamanı beynimde üç saat geriye aldım. O uyandı, "Günaydın sevgilim" dedi. Boynumdaki kolyeyi çıkardım. "Benimle evlenir misin?" dedim.

Uzun uzun baktı mavi gözleriyle. Biraz da gözleri doldu. "Hayır" dedi. Kocaman bir hayır...

"Ben seni aldattım" dedi. "Ben bu kolyeyi hak etmiyorum" dedi. Ben de itiraf ettim. Şey dedim...

Şey...

"Biliyorum. Her zaman da bildim."

Sayfa bitti, yazamadım daha.

Ona demek istediğim çok şey vardı, diyemedim...

Şimdi koridordayım.

Saati ileri almayı unuttum. O şu an evden çıkıyor.

Son demek istediğim şey...

Seni seviyorum. Her şeyi bilerek sevdim seni. Her zaman da sevecektim.

Bari giderken sendeki parçamı bırak.

Çünkü seni seven parça o.

Bırakmazsan, seni unuturum.

Dedim...

Bırakmadı.

Onu da alıp gitti...

Sana dair yazılası ne çok şey kalmış.
Zaman şahidim,
Gece vardiyasında bitmek bilmeyen
sigaram tütüyor yokluğuna.
Avuçlarımın içinde duruyorsun,
Her an ihanete hazır.

Erkek Adam Ağlar mı?

Erkek adam ağlar! Hem de öyle bir ağlar ki, tüm dünya susar.

Çünkü erkekler için ağlamak utanç kaynağıdır, ağlayınca kendimizi güçsüz hissederiz, sanki ağlayınca herkes bize bakıyor gibi düşünürüz. Ama bir erkek tüm bunlara rağmen ağlıyorsa, emin olun ki son gücünü de harcamıştır artık, utanmak da umurunda değildir, güçsüz görünmek de. Benim dedem 38 doğumlu bir adam, ben bir kere ağladığını gördüm dedemin, o da babaannem ölünce.

Ağlamak ille de gözyaşı dökmek değildir, bunu cenazeden sonra anladım. Eve geldik, dedim ki dedeme, "Nasıl bir adamsın sen? Bir damla gözyaşı dökmedin, ne taş kalpli adamsın! Taştan bile olsa bir kalbin yok mu senin?"

Dedem hiçbir şey yapmadan, uzun uzun baktı önce.

"Taşın da kalbi yok ama onu yosun sarıyor, beni denizden çıkarıp kaldırıp attılar şimdi bir kumun üstüne. Benim yosunum artık yok" dedi.

Ne kadar utandığımı anlatamam. Dedem bana hiç vurmadı bu yaşıma kadar ama bu lafı gerçek bir tokattı.

O an, onun önünde kendimi o kadar zor tuttum ki. İçime içime ağladım, durduramadım kendimi.

Ağlamak için gözyaşı şart değil. Gün gelir içine ağlarsın.

İçin kocaman bir deniz olur, gözyaşlarında boğulursun...

Evet, erkek adam ağlar!

O günden sonra ağlamaktan hiç utanmadım, gerek gözyaşı döktüm, gerek içime akıttım. Ama ağladım, saklamadım.

Güçsüzlük değildir ağlamak, ne bir erkek ne de bir kadın için. Bu sadece insan olmanın gereğidir.

Bir şarkı çalar ağlarsın, bir çocuğun tebessümüne ağlarsın, uyanırsın, pencereni açar gökyüzüne bakarsın, o güzelliğe ağlarsın.

Çünkü insansın. İnsan olmanın güzelliğini hâlâ yitirmediysen, ağlarsın.

Bazı akşamlar oluyor, eve geç geliyorum. Dedem uzanmış telefonundan türkü dinliyor. Elinde buruşmuş bir peçete. Ne oldu diyorum, yok bir şey hastayım diyor. Gülümsüyorum içimden. Yalnız bırakıyorum onu.

Ama biliyorum. Ben eve gelmeden önce ağlamış, hem de doya doya, içini döke döke ağlamış, utanmamış.

Elimi suratıma parmaklık yapıp kendimi onun yerine koyuyorum. Ya benim otuz yıllık eşim ölmüş olsaydı? Ya kocaman evde, tek bir odada tek başıma kalmış olsaydım? Ya kocaman, çift kişilik bir yatakta tek başıma yatmak zorunda kalsaydım artık? O an bunu hissetmem dahi yetiyor, içim paramparça, bir köşede durmuş, uyanmak istiyorum bu rüyadan. Sakinleşiyorum. Nefesimi tutuyorum.

O an ne mi oluyor?

Utanıyorum.

Güçsüzleşiyorum.

Sanki herkes bana bakıyor.

Neden mi?

Çünkü o an ağlıyorum...

Herkes ağlar. En güzel de erkek adam ağlar.

Gözyaşlarını yeri gelir rakısına katar.

Ama bende bir sıkıntı oluyor bu konuda.

Ben rakıyı susuz içerim...

Kine boğduğum umutlarımı ayıkla,
"SEN"

Geçmiş

Kimseyi geçmişine göre yargılama.

Ben çok yargıladım. Acımasızca. Düşüncesizce. Peki ben neydim? Sütten çıkma ak kaşık mıydım da böyle kolay yargıladım insanları? Hayır! Neden o zaman? Ne için?

Geçmişimde ne varsa, özellikle benim şu andaki halime gelme sebebim...

Şu an eğer bir yanlış yapmıyorsam bir konuda, onu geçmişimde yanlış yaparak öğrendiğimdendir.

Herkes üstüne yakışmayan bir gömleği giyer hayatında en az bir kere, kendine yakışmayan davranışlarda bulunur.

Şu namus kavramı mesela, birlikte olduğun insanı birlikteyken ya da ayrılınca, geçmişiyle, senden önce yaşadıklarıyla yargılama meselesi.

Birlikteyken mutlu olduğun, hayata dört elle sarılmana sebep olan, yüreğini sana açmış bir kadını, neden bu kadar kolay yargılarsın ayrıldığında?

O sana açıkça, dürüstçe anlatmadı mı yaşadıklarını? Sana güvenmedi mi?

Ve en önemlisi, sen onu olduğu haliyle sevmedin mi?

Ya da şöyle sorayım:

Sevdin mi gerçekten?

Aslında ne oldu biliyor musun?

Sadece anlaşamadınız ve bitti. Bu kadar. Herkesin yaşadığı ve bir gün kuvvetle muhtemel yaşayacağı bir şeyi yaşadınız sadece. Belki suçlu sen oldun, bazı şeyleri hak etmedin. Kabul.

Ama sen kabullenemedin. Sen saldırdın, geçmişiyle yargıladın, o insanı dürüstlüğüyle **Kavgada bile belden aşağı vurulmazken, sen vurdun.**

Peki sen nasıl bir adamsın şimdi, o nasıl bir kadın?

Dürüstçe cevapla bunu.

Peki onun ardından hırsla, kızgınlıkla söylediklerin, kaybettiklerini geri getirecek mi?

Onu geri getirecek mi?

Getirmeyecek.

Bunu çok iyi biliyoruz ikimiz de, değil mi?

Şu an burada olsa "dünyayı yakarım, bana ne geçmişinden" diyoruz.

Sevdik çünkü. Hem de çok sevdik.

O gitti. Gitsin. Canı sağ olsun.

Bizim gibi hayvanlarla beraber olmasın bundan sonra.

Nedenini sen de biliyorsun. O senden çok mutlu olmayı hak eden bir kadın.

Biz.

Yapmaya çalışırken hep yıkan biz.

Sen ve ben yani.

Hak etmiyoruz be, etmiyoruz...

Gidecek Yerin Yokken, Nasıl Kaybolabilirsin?

Ben ne sana gelebiliyorum, ne de evime gidebiliyorum.

Kaybolmak için ilk önce gidecek bir yerinin olması gerekir.

Sen sana gelememeyi biliyor musun?

Ben sana gelirken hiç kaybolmadım, gelmek için hiç çaba sarf etmedim çünkü. Ayaklarım gitme dedi, otur oturduğun yerde, nefes dahi alma, sadece bekle dedi.

Ben nerede kayboldum biliyor musun? Rüyalarımda.

Hep sana koşarken kayboldum, çığlık atarak uyandım hep. Bütün insanlar korktuğum için bağırdığımı söylüyorlar, bense arkandan "Gitme" diyerek uyandığım için mutlu oluyorum, en azından seni görmüş oluyorum, bu bile yetiyor.

Ben kaybolmaktan hiç korkmadım, hem de hiç. Sen yeter ki gel de, ben sana gelirken o yolda kaybolmaya da razıyım. Kaybolmak da bir şey, çünkü amacı güzel, sana geliyorum.

Kaybolsam da elbet sana varacağımı biliyorum.

Peki şimdi ben yola çıksam, sana doğru gelsem, koşsam sana?

Tutar mısın elimi?

Sever misin yeniden?

Kaybolduğum için üzülür müsün?

Kapıdan bakar mısın nerede kaldı diye?

Kaybolsam da...

Sana geldiğim zaman, her şeyi bir kenara bırak, sevecek misin beni?

Yine uyuyacak mıyız beraber?

Tüm dünyaya kafa tutacak mıyız?

Ben şimdi bu yolda kaybolsam ne, kaybolmasam ne? Ellerimi yüzüme götürüp bir yağmur altında şarkı söylüyorum. Gök gürlüyor, ıslanıyorum. Umurumda değil. Sanki sen kahkaha atıyorsun, umurumda değil. Tepemde bir sokak lambası aydınlatıyor sadece beni, adım atsam karanlığa karışacağım, kalsam sanki sabaha varamayacağım.

Umurumda değil!

Seni bekliyorum.

Gelirsem kaybolurum.

Gelirsem, hangi seni bulurum?

Bir kadın var,
kokusundan kaçamadığım...

Gündüzleri Daha Çok Özlüyorum Onu

Bazen neden erken uyandım diyorum kendime, ne güzel sabaha kadar düşündün zaten, güneş doğdu. Daha ne istiyorsun diyorum içimden. Ama o erken kalkmayı severdi işte. Biri bir sabah uyanır ve sen de kendiliğinden uyanırsın, uyumak istesen de kalkarsın ya, aynen o şekilde. Sabah erken uyanıyorum ya mesela. O da uyandı. Günaydın, bari işe geç kalmasa diyorum...

Şimdi o sabahları huysuz olur, kahve içmeden de ayılamaz diyorum. Kalkıp bir kahve yapıyorum kendime, karşılıklı içiyoruz sanki. Süslenmeyi çok sever, gider odasına kapısını kapatır, benim görmemi istemez. Sanırsın içeride sihirli bir değnek var. Hep aynı makyajı yapıp, "Nasıl olmuş" der mi bir insan? O der. Sen de her zaman onun gözünün içine bakar, "Çok güzel olmuş" dersin.

Mesela ben tam kapı girişine doğru "Çok güzel olmuşsun" diyorum ama kocaman bir boşluk var önümde...

Elimdeki kahvenin tadı o kadar acı geliyor ki şimdi.

Son yudumu alıyordum, sen kapıdan çıkıyordun.

"Nasıl olmuşum?"

"Çok güzel."

Neden biliyor musun? Benim için dünyadaki en güzel şey sendin de ondan.

Gülümsemeni görünce, "Ne kadar şanslı bir adamım" derdim içimden, şimdi boşluğa bakan bir adamım. Aptal bir adamım. Kendi kendine "elindeki her şeyi kaybettin, mutlu musun şimdi" diyen bir adamım. Evde sadece saat sesi var. Çıt ses yok, cevap veren yok, fısıldıyorum, bağırıyorum, yok!

Gündüzlerden nefret ediyorum.

Çünkü gündüzleri daha çok özlüyorum onu...

Bugün Onu Hatırlamayacaksın, Hiç Gitmediğin Yerlere Git...

Duymuyorum içimdeki o sesi.

Takı almayı çok sever ya mesela, tüm takıcıları geziyorum. Akşama kadar geziyorum.

Sonra eve geliyorum, yaslanıyorum arkama.

Tüm gün ben onu hatırlamışım aslında.

O olmasa da ben o yanımdaymış gibi gezip durmuşum.

Galiba böylesi daha güzel.

Onunla birçok anı biriktiriyorum, o olmadan.

Yok ama varmış gibi.

Bir sürü takı almışım yine. Umarım geri döndüğünde beğenir aldıklarımı.

Tabii dönerse...

Gözlerim doluyor be!

Bize yakıştıramıyorum bu durumu.

Sevgilim.

Sen gitmeyi tercih ettin, ben sevmeyi.

Sen papatyaları çok severdin.

Beni neden sevmedin?

Sen yarım kadar kızdın.
Bir uçurumdan attın beni,
yere çok hızlı çarptım.
Ciğerlerim yerinden oynadı.
Kalbim durdu.
Sonra yeniden attı...

Hayal Kırıklığı

Kimi zaman yapıştırıyorum hayallerimi. Hiçbir şey yapasım yok. Unutayım diyorum bazen. Ve doğru, yeri geliyor öfke kusuyorum.

Ama kimseye düşman değilim ben. Alttan almakla ilgili bir sorunum var. Onu yapamıyorum ben, alttan alamıyorum. Derdimi anlatamıyorum ki. Bir şey anlatıyorum, bana göre doğru. Ama onlar asla anlamıyorlar...

Hiç dilinizin ucuna kadar gelip de söyleyemediğiniz şeyler oldu mu? Ben bu olayı her iki saatte bir yaşıyorum desem?

"Neden huzurlu olamıyorum" diyorum, "hayatta her şey hayal kırıklığı olabilir mi?"

Her gün kavga edebilir misiniz? Ben ediyorum. Durmadan. Sonra deniyor ki sen çok sinirlisin, sen hiç alttan almıyorsun. Ulan her gün dırdırınızı çekiyorum, daha ne istiyorsunuz benden?

Etrafınızın sanki dostlarla değil de düşmanlarla dolu olduğunu düşünün. Her şey çığırından çıkıyor, hatta herkes çıkıp gidiyor.

Ama ben? Ben sabit şekilde yerimde oturmuş bana söylediklerinizi dinliyorum sadece.

Beynimden geçenler başka, dilimden çıkan başka.

Neden mi?

Çünkü konu uzamasın.

Şu konu uzamasın, bir kere de konuşalım bitsin ve uzamasın değil mi? Onlar ağızlarına geleni söylerler durmaksızın, sen susarsın. Suratına karşı hiçbir şey demez, önüne bakarsın.

Neden mi?

Ulan, konu uzamasın işte, anladın mı

Sen konuştukça o konu uzayacak, cevap verdikçe beynine beynine vuracak anlamsız sesler, hiçbir şey hiçbir yere varmayacak.

Sus. Konu uzamasın.

İçinden konuş, içinden bağır, haykır, dilediğini söyle.

Ama sus. Sesler de sussun.

"Allah'ım, teşekkür ederim."

Biraz dinginlik, biraz huzur. İstediğim bu.

Düşünüyorum sonra. Neden bunu çekiyorum? Bunu çekmek zorunda mıyım? Bu hep böyle mi gidecek? Ulan nefes alsam suç oluyor sanki, nefes de mi almasam? Soru işaretleri yığılmış tepeme, omuzlarıma binmiş yük gibi. Kendime yüzlerce soru soruyorum ve sonunda tek gelen cevap ne? Boş ver.

Boş ver mi?

Evet. Boş ver.

Ne İşin Var Bunlarla?

Ne işim mi var?

Çünkü seviyorum.

Onların böyle yaparak, tüm hayallerimi teker teker yok etmesini, sevgimi tüketmelerini bekliyorum.

Onlar hep böyle yaptı.

Ben sabırla bekledim.

Onlar devam ettiler.

Ben giderek azaldım.

Onlar "Her şey düzeldi" dediler.

Ben oradan gitmiştim çünkü.

Kendi hayatıma bakıp, "Merhaba dünya, ben geri döndüm" demiştim.

Sonra onlar beni aradılar, sordular, "Geri dön, hatalıyız" dediler.

Ben o telefonu açmadım bile.

Çünkü kocaman bir hayal kırıklığından başka bir şey değildiler.

Hayvan Herifin Tekiyim

Sen de haklısın.

Seviniyorum benden uzaklaştığına. Bir laf var ya, sen daha iyilerine layıksın diye. Öyle işte.

Seninle bizim mevzumuz gerçekten öyle.

Yani sen daha iyilerine layıksın, bunu biliyorum. Çünkü ben sürekli bir kavganın içinde, garip bir adamım. Mesela seni çok seviyorum ya...

Bak bunu sana hiçbir erkek söylemez. Ben söylüyorum. Benim ailem olmadı, ben fazla sevgi görmedim hayatım boyunca.

Sonuç olarak sokaklarda büyümüş bir adamın, iyi bir adam olacağını kim garanti edebilir ki? Ne anlarım ben sevmekten, sevilmekten. Ne anlarım birinin kalbine dokunmaktan?

Kavga... Hayat mücadelesi... Çaba... Durmadan...

Bak bunlardan çok iyi anlarım.

Ama yine de, sen de biliyorsun ki sana benim gibi kimse dokunamaz. Şu dünya üzerinde, seni ne kadar sevdiğimi de Allah biliyor. Belki bir de sen. Boş ver. Süslü cümleler bana göre değil.

İyi ki gittin sen, iyi ki sevmedin beni sevgilim.

Benim en büyük huyum, biliyorsun ki, sonradan anlamak her şeyi.

Ve sen benim en güzel bayram sabahımsın, bunu yine de unutma...

Anladım, ben savdığım insanlara zarar veriyorum.

Ben kimi seversem zarar vereceğim, mahvedeceğim onun hayatını. Benim özüm bu, kabul ediyorum.

Anlıyorum. Herkesi. Her şeyi.

Ben buyum. Uzaklaşıyorum.

Emin ol senden sonra kimsenin hayatını mahvetmeyeceğim, belki bunu bilirsen için rahat eder.

Artık sevmek yok. Artık sevilmek yok. Artık zarar vermek yok. Artık üzmek yok. Artık kırmak yok.

Sadece ben varım.

Adımla övünen ben! Bir hiç!

Herkes Gider mi?

Herkes gider arkadaş.

Zaten kim verebilir ki bunun sözünü? Kim gerçekten inanarak "gitmeyeceğim" diyebilir?

Dürüst ol kendine. Bekleme.

Sen o kadar güzel sevmişken o gitmeyi tercih ettiyse, sakın bekleme. Gitti işte, nedenleri vardı ya da yoktu, haklıydı ya da değildi, düşünme. Gitti diye suçlama. Sus mesela, susmayı dene, ona sarıl.

Üzül, ağla, bağır. Tamam. Ama kimseye bunu gösterme.

Terk edilmenin de bir raconu var değil mi? Güçlü dur. Bırak insanlar, "Ne hale geldi" demenin hazzını yaşamasın.

Saygı duy gidene, içinde bitirene kadar çöpünü dahi atma, anılarını yaşat.

Neden?

Çünkü sen, o olmadan da onu sevebilirsin kurban olduğum, ne olmuş gittiyse? Tamam gitsin, mutlu olsun, sevsin, sevilsin be! Sen sevilmedin, bırak o sevilsin işte!

Sevmek her şeyi alttan almak değil midir?

Sevmek, sevdiğin insanı mutlu görmek...

Sevmek, onu ne kadar kıskansan da bir gülümsemesine ölmek değil midir? Sen sev. Bırak o gitsin. Bırak hem de arkasına bakmadan gitsin. Öyle dosdoğru gitsin be!

Elbet seni de sevecekler. Sen de bir başkasını seveceksin, emin ol bundan, inan buna.

Her giden mutlu mu olur sanıyorsun? Kimse ona senin baktığın gibi bakmayacak biliyorsun bunu. Kimse senin gibi öpmeyecek, kokusunu içine çekmeyecek ciğerlerini patlatırcasına. Gözlerine mıhlayıp gözlerini, susarak bile "iyi ki varsın" demeyecek.

Biri gidiyorsa zaten, ilk olarak bunu göze almalı.

Gün gelir,

Bugün şikâyet ettiklerini yarın mumla ararsın.

Bunu kendine yapma.

Avut kendini.

Aklına gelen, yüreğinden geçen her şeye sarıl kendini avutmak için. Tutunmak için her duyguya, her düşünceye fırsat ver, kendini kapatıp, elinin tersiyle bir kenara itme sana iyi gelecek şeyleri.

Ama sana bir şeyi itiraf edeyim mi?

Kendini avut ve sonra unut söylediklerimi.

Başka biri olacak.

Senin gibi öpecek.

Senin gibi koklayacak.

Senin gibi bakacak.

Senin gibi sevecek...

Sen bir sahil kasabasının
en güzel kızısın sevgilim.
Bense oradaki balıkçıyım.
O güzel kızın denizde ne işi var?
Benimle ne işi var?
Benim gibi bir hayvan herifle ne işi var?
Eyvallah.

Kısırdöngü

Bitiyoruz değil mi yavaş yavaş? Ellerimizi sıkıyoruz sımsıkı, sinirleniyoruz...

Ama eriyoruz yavaş yavaş...

Ben çok biliyorum sahile gidip kimse yokken çığlık attığımı. Eğer sahilde yürüyorsanız ve sessizlikte bir erkek çığlığı geliyorsa kulaklarınıza, yüzde yetmiş benimdir o ses.

Başka türlü engelleyemiyorum ki. Başka türlü rahatlayamıyorum...

Malum, ev kira, hiçbir şey yapamıyorsun.

Ne bağırabiliyorsun, ne de bir şeylere vurabiliyorsun. Kalıyorsun kaldığın yerde.

Defalarca, karnın aç olmasa bile buzdolabını açıyorsun. Her defasında aynı şeylerin olduğunu bile bile açıyorsun o lanet buzdolabını.

Yatıyorsun, olmuyor.

Neden hemen miden bulanıyor?

"Dur, bir sigara yakayım."

"Sabahtan beri zaten iki paket içmedin mi arkadaş sen?" diyorsun içinden.

Sonra da diyorsun ki, "Çok konuşma, yak şunu."

Öyle bir çekiyorsun ki içine, en büyük fırtına kopsa o iç çekişine âşık olur, bakakalır sana, dineyim der...

Bir insan günde kaç defa duş alabilir? Ben bir gün boyunca o suyu kapatmadığımı biliyorum.

Onu yağmurun altında ilk öptüğüm an geliyor aklıma. Bulutlar bilse onu bu kadar sevdiğimi, hep yağmur yağardı şehrime.

Hani duştan çıkınca ellerin buruş buruş olur ya...

O bile öyle üzüyor şimdi beni. Neden diyeceksin...

Biz söz vermiştik, ölene kadar ayrılmayacağız diye, o sözler geliyor aklıma. Nerede diyorum o sözler.

Sonra bir türkü var ya hani, sen gelmez oldun diye...

Onu açıp saatlerce dinliyorum. Nasıl yazdı bu şarkıyı diyorum içimden, nasıl bir acı çekti de yazdı?

Sabah zor oluyor. Nerede? Kim dokunuyor şimdi ona? Benim kadar seviyorlar mı gerçekten?

Canım acıyor ulan! Üzülüyorum kendime!

Gözlerim kan çanağı, ne hale geldim ben? Yine omuzlarıma biniyor sorular, susturamıyorum içimdeki beni.

Tarağı duruyor masanın üzerinde. Alıp başka yere koyuyorum. Sonra kıyamıyorum, yine aynı yere koyuyorum. Belki gelir. Gelir değil mi?

Dalıp dalıp derinlere, öylece düşünüyorum.

Uyanır uyanmaz sigara yakayım şimdi. Kızardı. Hisseder belki, gelir de kızar. Çalmadı kapı. Çalsın istiyorum da...

Bazen istemekle de olmuyor işte...

Sevgilim...

Sahile gidiyorum ben. Bağırmaya, haykırmaya gidiyorum. Evde duramıyorum.

Sonra eve geliyorum, bağıramıyorum, bir şeylere vuramıyorum!

Malum, ev kira.

Sonra?

Sonrası aynı işte...

Ve boynun kadar sıcak dalga sesleri.
Azat et beni.

Gel ya öldür,
Ya da öl.
Bileyim, benden başkasına gitmiyor nefesin.

Leyla İle Mecnun

Ben Mecnun olsam dayanamazdım, Mecnun olmak kolay mı?

Öyle eften püften sevmeye benzemez. Düşün, öyle bir seveceksin ki, o sevgin destan olacak. Parmakla gösterecekler, Mecnun gibi sevmiş adam diyecekler.

Mecnun olmak zor be...

Ya Leyla?

Ah Leyla! Var mı senin gibi bir kadın diyorum içimden...

Bir adam bu kadar seni beklediyse, vardır bir şey diyorum Leyla. Vardır değil mi?

Onlar bizim gibi değillerdir değil mi? Leyla ile Mecnun...

Kusursuzlardır. Zaten engeller vardır aralarında yani,

yoksa nasıl bu kadar kusursuz olurlar değil mi? Yani öyle olmalı, ben başka türlüsünü kabullenemem.

Düşünsene, onlar da bizim gibiler. Anlamsız kavgaları var, birbirlerine bağırıp çağırıyorlar. Leyla, "Neden o kadına baktın" diyor Mecnun'a. Mecnun, "Bu eteği giyemezsin" falan diyor...

Öyle olursa ben çok üzülürüm. Destansı bir aşk sonuçta, hep özendiğimiz, hep aradığımız bir aşk. Bizim gibi olamazlar, olmamalılar.

Gerçek şu ki, mesafeler, engeller, imkânsızlıklar onları destan haline getirdi. Mecnun da sen ben gibiydi, Leyla da. Onlar da bizim gibi çok sevdiler ve mesafeler o sevgiyi destanlaştırdı, çünkü vazgeçmediler.

Ben kimi zaman çok iyi anlıyorum Mecnun'u.

O da benim gibi oturmuş bir meyhanede, kim bilir kaç geceyi sabah etmiştir. Onun da vardır bir Ali abisi, akıl alıyordur.

"Ya Ali abi ben ne yapacağım böyle" diyordur, "Ben bu kıza nasıl ulaşacağım" diye çok sarhoş gitmiştir eve.

Var mıdır Mecnun'un da hep dışarıyı izlediği bir penceresi? Oturuyor mudur bizim gibi, bakıyor mudur, izliyor mudur, "Ne zaman gelecek" diyor mudur?

Her sabah uyandığında günaydın diyor mudur güneşe? Uyumadan önce izlemiş midir tavanı saatlerce, düşlemiş midir Leyla'sıyla bir olmayı? Saçlarını okşayıp kadınım demeyi, söylesenize, düşlemiş midir?

Düşlemiştir be arkadaş!

Herkesin bir Leyla'sı ya da herkesin bir Mecnun'u vardır bu hayatta, isim önemli değil ki.

Yeter ki sonu belli olsun, sonumuz belli olmadıkça hepimiz birer destanız.

Ben öyle sevdim ki o kadını...

Mecnun beni görse kendine değil bana bakar içerdi o meyhanede. Hem ben ondan daha güçlüyüm. O sabretmiş. Ben asla sabredemezdim, ucunda ölüm de olsa yürürdüm.

Ben yürürdüm de, o bana doğru yürür müydü? Kafa tutabilir miydi bütün dünyaya? Karşı çıkar mıydı herkese? Her şeyi ve herkesi bırakıp bir kenara, bana sarılabilir miydi?

Sanmam.

Ben Mecnun olurum da...

O Leyla olamaz...

Eyvallah...

Herkes gider mi?
Herkes gider...

Ama şunu unutma:
Giden de unutur, kalan da.

Liman

Kaptansız bir limana liman denir mi? Ben demem.

Sen benim kaptanımdın. Sahi nereye gittin? Bak bunu hiç sormamıştım, gidince mutlu oldun mu? Çünkü sen gidince bu liman çok sessiz oldu. Martılar gelmiyor artık eskisi kadar, denize bile kızmıyorum artık biliyor musun?

Vur diyorum, daha sert vur o dalgayı. Zaten geriye ne kaldı ki?

Dün bir şey öğrendim. Üzüldüm. Bir adam galiba yelkenlerini yırtmış, oysa ben sana bakmaya kıyamazdım. Sustum, düşündüm, korktum. Bir fırtına çıktı içimde bir yerde. O taş olmuş kalbimi paramparça etti.

Galiba artık ben de sıkıldım bir liman olmaktan.

Sürekli bir geminin yanaşmasından, yanaştıktan sonra bir hoşça kal bile demeden uzaklaşmasından...

En iyisi ben deniz olayım. Kendi yerine koy beni. Bir gemi sürekli geliyor ve hoşça kal bile demeden gidiyor. Sen ne yapardın? Bekler miydin gideni?

Bazen öyle büyük bir fırtına kopsa da yıkılsa tüm duvarlarım, kaybolayım derinlerde istiyorum. Sonra güneş batıyor. Bir rüzgâr esiyor, senin kokunu getiriyor uzaklardan. Öyle durup kalıyorum.

Biliyor musun balıklar bile bana ağlıyor. Rüzgâr estiğine pişman. Tüm gece derin bir sessizlik. Sabah duvarlarımı tokatlayan dalgalar, gece olunca omzuma elini atıyor.

Yapma! Durma öyle! Elbet gelecek! Böyle diyor sanki.

Ve ben her gece buna inanıyorum. Buna inanarak ufka doğru bakıyorum. Güneş doğuyor.

Öyle bir doğuyor ki...

Hani bir şeyleri söyleyemezsin, dilinin ucuna kadar gelir de utanırsın ya...

Aynen o şekilde. Ben onu görünce anlıyorum gelmeyeceğini. Her sabah, "senin suçun yok, kaldır kafanı" diyorum güneşe.

Onlar bana üzülüyor, ben kendime. Terk edip gitmek istiyorum her şeyi. Aslında sana gelmek istiyorum biliyorsun.

Nasıl geleyim? Ayaklarıma prangalar zincirlenmiş bir halde, kıpırdayamıyorum.

Bugün şunu anladım. Beni tokatlayan deniz aslında gitmemem için o kadar sert vuruyormuş, martılar senden haber alamadıkları için gelmiyorlarmış, kalbim bilerek taş kesmiş daha fazla canım yanmasın diye, güneşin suratı sen başka limandasın diye asıkmış.

Bu limanda seni beklediğim her dakika sen başka yerler görüp, başka limanlar keşfetmişsin.

Ağlamayın bulutlar. Ben sizin kadar naif değilim.

Onu görürseniz bir yerlerde...

Benim için...

"Sakın geri dönme" deyin.

Ve sen güneş, artık surat asma bana.

Sen rüzgâr, es esebildiğin kadar.

Deniz, sen istediğin kadar sert vur.

Çünkü ben derinlerde kaybolmayı seçiyorum.

Kim bilir? Gün gelir nazlı bir güzel çıkar karşıma, kurtarır beni boğulmaktan.

Mutluluk Otobüsü

Bir şey soracağım.

Mutlu olabileceğini mi düşünüyorsun sen?

Böyle bir dünyada, böyle bir şehirde?

Bundan emin misin, gerçekten inanıyor musun?

O zaman şöyle diyeyim. Mutluluk diye bir şey yok. Bu kadar insan senin mutlu olman için uğraşmaz. Bu kadar insanı bırak, **bir kişi bile eğer senin mutlu olman için uğraşıyorsa, sakın onun elini bırakma.**

Çünkü mutluluk bir otobüs gibidir, yarı yolda bırakabilir ya da başka bir yerde indirebilir. Mutluluğa sakın ola ki inanma. Ben mutluluk otobüsünde kaybettim her şeyi. En iyisi yürümeyi tercih ettim.

Mutlu olabileceğin birkaç neden söyleyeyim sana. Biliyorsun zaten ama unutuyorsun.

Uyuyabiliyorsun mesela.

Şu an hastanelerde on dakika rahat uyumak için canını veren insanlar var. Bunu düşünerek bile mutlu olabilirsin.

Bir kadın tanıdım. Yani tanıdım dediğim, sadece resimlerini gördüm ve bir yerlerde o güzel insanın var olduğunu biliyorum. Kendisi kanser hastası. Saçları dökülmüş. Kaşları yok. Ama neyi var biliyor musun? Mutluluğu, umudu, yaşama olan bağlılığı var. O, her şeyden mutlu olmayı öğrenmiş ve buna da "kanserle dans" demiş...

Ve her telefonu elime aldığımda kanserle dansı seyrediyorum ben. Peki sende bu kadar güç var mı? Böyle dans edebilecek güç var mı sende, kendine bunu sor.

Mutluluk dediğin şey arayıp da bulacağın bir şey değil, kendi içinde keşfedebileceğin bir şey. Mutlu olmak için önce kendini düşün, insanları düşün, aldığın nefesi düşün, sevgilini, sevdiğini düşün...

Sevgilin olmasa da olur, hatta terk edilmiş de olabilirsin. Zamansız bir ölümün kucağına da bırakmış olabilirsin onu. Yine de düşün onu. Gitmiş ya da hiç gelmemiş olanı da düşün.

Yaşanmış, ya da bir daha asla yaşanamayacak anları da düşün. Tüm benliğinle. Her şeyiyle sana ait, bir parçası olduğun şu hayatı düşün.

Mutluluk diye bir şey varsa, senden uzakta değil. Aslında kendine uzaklaştıkça uzaklaşıyorsun mutluluktan.

Bir arkadaşım, "Kaybettim ama güzel kaybettim" dedi.

Bu bile mutluluk. Bir şeyi güzel kaybedebilmek, güzel kalarak, çirkinleşmeden kaybedebilmek...

Bakma, kaybetmek de mutluluktur.

Neden? Bir şeyi kaybetmek için ilk önce ona sahip olman, tadını çıkarmış olman gerekir değil mi?

Mutluluğu çikolatayla özdeşleştirenler var mesela.

Daha dünya üzerinde çikolatanın tadını bilmeyen çocuklar varken, mutluluğun bu kadar basit ve sıradan bir şey olduğunu söyleyebilir misin?

Dinle kendini. Sev. Kaybet. Kaybetmekle dans et. Mutsuzluğa hapsetme kendini asla. Eğer yapamıyorsan, gel beraber bulutlara bakalım. Belki mutlu olacağımız şeyler görürüz. Belki her şey bu kadar basittir.

Ya da gel beraber o mutluluk otobüsüne binelim. Yanlış bir yerde insek bile ne kaybederiz ki? En fazla başka yerler görürüz, otobüs yolda kalsa bile uzaklaşmış oluruz, hatta arkasına geçer iteriz.

Zaten mutluluk arayışı da bir bakıma, otobüs yolda

kalsa bile arkasından itmek değil midir?

Aklından çıkarma öyleyse.

Vazgeçmek sana da, bana da yakışmaz.

Neredesin?

Bırakıp gitmek ne kolay değil mi?

Neredesin?

Sesimi çıkarsam, bağırsam... Ya da ne bileyim, bir ateş yaksam göğe yükselen...

Sen bir şekilde görsen, yanıma gelsen...

Belki hayal kurarız, çocukça bir heyecanla ayaklarımızı sarkıtırız bulutlardan aşağı, yan yana yürür ıslanırız yağmurun altında...

Birimiz kanatlanıp uçsa da diğeri bilir mutlaka geri geleceğini, güvercinler de öyledir bilirsin. Kavga edelim doya doya, sonunda barışacağımızı biliriz nasılsa. Böylesi daha güzel.

Sevgilim...

Neden farklı günaydınlar olduk biz?

Neden ben değil de başkası günaydın diyor sana, buna

anlam veremiyorum, aklım almıyor.

Sen gündüz olsan ben gece, ben deniz olsam sen sahil, etle tırnak bize özense. Seninle ikimizi görenler ölümsüzlüğü bulduğumuzu düşünseler.

Bir yastıkta kocayın lafı bizim için söylenmiş olsa mesela.

İlle de bir yere geleceksem, ben hep sana gelsem, hiç gitmesem, gidemesem, gitmem mümkün olmasa, gitmek bana uzak olsa, gitmek benden gitmiş olsa...

Uzar bu...

Çok şey istedim biliyorum.

Hayallerim de senin kadar güzeldi işte...

Bir kitabım sanki, herkes kadar, herkes gibi. Önsözüm de sensin.

Senin üzerine kurulu bir dünyada yaşlanmak isteyen bir adamdım ben, şimdi sormaya bile korkuyorum.

Neredesin be? Sahi, neredesin?

Neden biz seninle bir çift gözden ayrı ayrı akan yaşlar olduk? Neden sen yazı seçtin, ben kışı? Hiç bir araya gelmeyecek kadar uzaklaşmışız şimdi birbirimizden, aynı mevsimi yaşayamayacak, birlikte yaşlanamayacağız. Başkalarıyla olacağız belki. Belki değil, muhakkak. Nasıl? Nasıl başaracaksın bunu, yapabilecek misin?

Ben de yapmalıyım o halde, bunu başarmalıyım. Sensizliğe kafa tutmalıyım. Tutabilirim. Nelere kafa tutmadım ki? Ama bu başka sanki. Sana, yokluğuna kafa tutmak başka bir şey. Başarabilir miyim bunu, bilmiyorum.

Neredesin?

Senden öğrendiğim bir şey var.

Sen mesela yoksun, ben yine güçsüzüm, yani kurallara göre karşında güçsüz olmam gerekiyordu.

Ama sen yoksun ve ben hâlâ güçsüzüm sevgilim. Sen nasıl mutlu olabiliyorsun? Gerçekten mutlu olabiliyor musun çok merak ediyorum bunu.

Güçsüz kaldım evet, karşında olduğu gibi yokluğunda da kalkamadım yerden.

Yine de bazı gerçekler değişmeyecek.

Seni benim gibi kimse sevemeyecek...

Söylesene,

neredesin?

Sen çocuk, sen, büyüyeceksin.

Sen bir gün seveceksin

Bir kız çocuğun olacak canından çok seveceğin,

Ve sen başka bedenlerde nefes alacaksın çocuk.

Tenine sadık kalacağın bir kocan olacak her sabah yanında uyanan.

Kör yeminlerin olacak boğazlayan,

Gırtlağından söküp atamayacaksın.

Aşk dediğin, saracak büyüyen ellerini.

Ayaklarına illet olacak aile dediğin, boyunca sarmaladığın kocan. Sahipleneceksin benden ötürü kaçındıklarını.

Meraklanacaksın kimi zaman, gözlerini akıtacaksın saatlere.

Ben gittim çocuk, geçmişime boğuldum.

Günahlarımla arındırdılar beni, ayıplarımla aklandırdılar.

Ben gittim çocuk, sen büyü.

Sevişlerimle büyü...

En başta sevdiğim kişi, merhaba.
İstersen tanışalım en baştan...

Olur mu Deme, Olur

Her şey olur. Yeter ki inan.

Hadi şimdi kalkıp elimizi yüzümüzü yıkayalım, kendimize bir kahve koyalım ve yerimize geçelim.

"Merhaba pencere" de otur, ilk önce selam ver. Senin ne kadar ilgiye ihtiyacın varsa onun da var. Olur mu öyle şey deme, olur.

Düşün şimdi, eksiklerimiz nedir?

Sevgi, aşk, para? Eksik olan ne? Diyelim ki aşk.

Ya bırak şimdi olur mu deme, olur.

Nasıl âşık oluyoruz peki? Taktiği mi var bunun? 4 4 2 ya da R2 bilmem neye bas gibi bir taktik veremeyeceğim. Ama biz istersek mesela, zamanı durdurabiliriz. Bazı şeylerin üzerinden hiç yaşamadan geçip gider, kendimizi kurtarabiliriz. Uyu şimdi, bir saat uyu. Uyan. Zaman durdu işte o an, sen uyurken, herkes için akıp giden zaman senin için durdu. O zaman diliminde yaşayabileceğin birçok tatsız şeyden kurtardın kendini.

Uzaklaşmaktan bahsediyorum, tatsızlıklardan uzaklaşmaktan, hır gürden, gereksiz kavgalardan. Kaçmak, kurtulmak, mesela zamanı durdurup uykuya sığınmak.

Olur mu deme, olur.

Kavga etmek yerine susmak, bağırıp çağırmak yerine gidip uyumak mesela. Her şeyi değilse de bir şeyleri düzeltebilir yine de.

Yapabilir misin bunu, mesela susmayı başarabilir misin? Yapamam dersen, baştan kaybettin arkadaş.

Senin elinde. Başka türlü davranmak, alıştığın sonuçları değiştirmek senin elinde, çözümü kendi dışında arama. Hiç değilse gitme de mesela, gururunu bırak bir kenara, gitme de. Bunu diyebil. Ölmezsin.

Olur mu deme, olur. Gitmez belki. Belki her şey daha güzel olur...

Ben bu pencerenin önünde defalarca olmaz dedim. Olmayacak dedim. Nasıl olabilir ya saçmalama, dedim.

Artık olur demem gerek belki de. Olur tabii. Hayır neden olmasın, olmaması için sebep ne?

Gel hadi sen de kafanda bir şeylere karar ver. Olur de artık, olmaz deme. Baştan kaybetme.

Diyelim olmadı. Ne kaybedeceksin? Zaten hep kaybettin...

"Ben bunu yapmadım" diyeceğine, "sonuna kadar yaptım yapmam gerekenleri ama olmadı" dersin en azından.

"Kendime burada, bu pencerenin önünde söz verdim. Denedim. Olmadı..."

En azından bunu dersin. Bu da bir şeydir.

Bu arada şey...

Bir de...

"Peki senin oldu mu, oluyor mu" diye soracak olursanız...

Şey...

Olmadı...

Olmuyor...

Kaç gece yaşadım bilmiyorum...

En büyük mirasındı içime düşürdüğün kor.

Ve ben kaç gece yandım bilmiyorum...

Kaç gece kemirdim tırnağımdan sökülmeyesice derini?

Kaç gece kazıdım üstümden bıçak kokunu?

Ve kaç gece yaşamak istedim?

Bilmiyorum...

Ölüm,
Aklıma gelecek günü sayıklıyor bedenim,
Sözlerin kızgın,
masmavinin en kapalı tonunda.
Ve bir bir parmaklarımı gezdirdiğim
saçlarına dolanıyor ruhum.
Dizlerim taşıyamıyor
kapının eşiğindeki ayrılığı.
Ve hiç durmadan sana,
bilmediğin günahları işliyorum.
Affet sevgilim, bu gece ölmek istiyorum...

Ona İyi Bak

O çok iyi bir kadın.

Harika bir anne olacak o, her halinden biliyorum bunu.

Onu üzme, üzülünce mavi gözleri hemen kızarır.

Ben yanlış bir adam oldum ona...

Sinirlerine sahip çık, kırıp dökme, incitme onu.

Ben çok sinirli bir adamım arkadaş, içimde sanki bir şey var. Sinirlenince sanki gözüme bir perde iniyor, ne dediğimi duyuyorum, ne yaptığımı biliyorum. Benimle olmak çok zordur.

Sen de benim gibi bir adamsan, olma. Gerçekten olma.

Çünkü o bunu hak etmiyor.

Ben ona ilk görüşte âşık oldum. İnanmazdım hatta ilk görüşte aşka. Varmış, onda öğrendim.

Saçlarına hiç dikkat ettin mi? Ben en çok onları severdim. Saçları cennet gibi kokar onun, yani ben öyle hissederdim.

Ailesinden sakın vurma onu, hassas mesele, o kadar diyorum.

Sen ona bir adım atarsan o sana beş adım atar, bil bunu, öyle yürekli bir kadın o. Küçücük hayalleri var, biz erkekler gibi hırs küpü değil bir kere. Huzurlu bir yuva, gerçekten seven bir eş, birlikte ağlamak, birlikte gülmek. Hepsi bu kadar işte. Bu kadar küçük ama aslında her şeyden büyük...

Ha bir de mutfak büyük olacak, onu atlamayayım. Ev falan tutacaksan, mutfağın büyük olmasına dikkat et. Kendine en az kat, daha fazla âşık edersin, bu güzelliğimi de unutma. Üstüne bir de dünyanın en lezzetli yemeklerini yersin. Özellikle de pilav. Tadına bakınca anlarsın. Daha ne yapayım ben sana.

İşin özü, ona iyi bak arkadaş. Ben bakamadım, yapamadım, ellerimden kayıp gitti...

Neden gitti? Benim egolarımdan, anlamsız sinirimden, dilimi tutamamamdan gitti. Sen, ben gibi olma.

Kendi hayatımdan biliyorum, bir erkek yeri geldiğinde annesini bile alttan alamaz bazen, ama sen al. Şayet bunu başarabilirsen, dünyanın en mutlu adamı olacaksın. Elini sımsıkı tutacak, yürürken arkana bile bakmak zorunda kalmayacaksın.

Benim bunu anlamam çok zor oldu. Sen bil ve anla diye söylüyorum sana.

Bu arada, bu zamana kadar yaşadın mı bunu hiç bilmiyorum ama, annenle en iyi o anlaşacak, hatta senden de iyi anlaşacak.

Ben böyle bir kadını kaybettim yani arkadaş.

Şu an elini tutuyorsa, hele sımsıkı tutup gözünün içine bakıyorsa...

Onu sakın kaybetme, çünkü o gidince o kocaman ev, o devasa şehir sana daracık gelecek.

Ben sevmeyi, sevilmeyi o kadından öğrendim arkadaş. Umarım bana hakkı helaldir. Sen de helal et.

Benim gibi olma.

Ona iyi bak...

Bırak O Sana "Seni Sevmiyorum" Desin, Ne Fark Eder?

Zaten dünya sevgisiz bir yer değil mi? Savaş, ölüm, gözyaşı...

İlişkiler desen...

Seni seviyorum cümlesinin içi yeterince boşaltılmıyor mu zaten ucuz ilişkilerde?

Bak etrafına.

Duygudan yoksun, çıkara dayalı, iki günde tükenen, ânında değişen, sadece görüntüden ibaret tuhaf ilişkiler. Yığınla.

Adına aşk, sevgi diyor, buna önce inanıyor, sonra da bu yalandan bir başka yalana hızla koşmuyor mu zaten insanlar?

Menfaatin bittiği yerde bitiyor adına aşk dedikleri o yalan.

Gerçekten, yürekten hissedenlerse tek başlarına kalıyorlar. Terk ediliyor, aldanıyor, yere düşen hayal kırıklarını topluyorlar. Kural bu.

Herkes tek başına içinde, dışında ne kadar kalabalıksa, içinde o kadar yalnız.

Ve ne yazık, onurlu yalnızlığını sinsi yalanlarla aldatarak mutlu olmaya çalışıyor insan.

İnsan kocaman bir yalanın içinde yapayalnız.

Parmak İzleri

Parmak izlerine bakmanı istiyorum. Öyle bakma şimdi, elini kaldır ve parmak uçlarına bak.

Ne görüyorsun? Çizgiler, değil mi? Doğru bildin. O çizgiler senin parmak izlerin ve o parmak izlerinden bir tane daha yok. Sadece sana ait, başkasında yok.

Sen Allah'ın yarattığı en özel varlıksın.

Bunun farkına ilk vardığımda yaklaşık bir on dakika donup kalmıştım.

Kendi kendime durup şunu sordum: Değer mi?

Gerçekten değer mi? Bu kadar üzülmeye, bir şeyleri kafaya takmaya, sinirlenmeye, uykusuz kalmaya... Değer mi?

Biliyorum, sen de benim gibi uykusuz kalıyorsun, düşünüyorsun, her şeyi sorguluyorsun. Belki bir meyhaneye gidip kendini içkiye vuruyorsun, içtikçe rahatladığını zannediyorsun, her duble daha çok hatırlatıyor sorunlarını, sorunları hatırladıkça deliriyorsun, delirdikçe...

Çare bulamıyorsun...

Bulamayınca, işte tam da o anda ben oluyorsun. Benim gibi oluyorsun. Hiç oluyorsun.

En güzeli de bu zaten. Hiç olmak.

Hiç olunca kimse senden bir şey beklemiyor. Sen zaten beklemiyorsun. Kim olduğunun, ne yaptığının farkında olmayan insanlardan ne bekleyebilirsin ki? Hiç.

Hiç değilse ben hiç olduğumun farkına vardım, kendimi biraz daha tanıdım, biraz daha gizledim insanlardan. Onlar bir şey olduklarını sandıkça, ben daha fazla tanıdım kendimi. Güldüm, sustum, huzur buldum.

Boş ver. Sihirli kelime.

Kendini tanıyınca, boş ver diyebiliyorsun her şeye, nasılsa bir hiçsin, boş ver demek en doğal hakkın. Sana verebileceğim en güzel haber bu.

Parmak izlerinin değerini bil. Hiçliğinin farkına var, seni özel kılan bu.

Yüklen ve at omuzlarındaki yükü ve gülümse.

Hiçliğine ve farkındalığına gülümse.

Pencere

Bazen duvarlara bakarsın boş bir ifadeyle. Saatlerce. Durmaksızın. Karanlık resimler çizersin o duvarlara.

Oysa herkesin bir penceresi vardır yüzünü dönüp dışarı baktığı...

Gözlerin anlamsızca duvarlara daldığında pencereni hatırla.

Önemli olan bakmak değil, asıl önemli olan pencere. O pencerenin varlığı.

Asıl dostun pencerendir, duvarlar değil.

O aydınlatır seni.

Kırma onu, yok sayma. En çok da o senin canını yakar.

Pencerenin ardından gidenleri izlersin mesela ya da asla gelmeyeni beklersin.

Düşlerini aydınlattığı gibi, kapanmaz yaralar da açar pencereler sana.

Ve öyle yaralar vardır ki arkadaş,

Kan durmaz,

Dikiş atmak gerekir...

Saffet

Saffet...

İyi misin?

Ben biraz kötüyüm bugün.

Seninle de uzun zamandır dertleşemedik.

Sabaha kadar çok düşündüm, bunu neden yaşıyorum diye. Bütün eşyaların yerini değiştirdim, pencere önündeki sandalyem hariç, onu değiştiremem, orada kalacak o.

Çok düşündüm Saffet, neden diye çok düşündüm, neden bunu yaşıyorum, neden ben, neden herkes öyleyken, neden ben? Neden böyle?

Sonra buldum cevabı, bazen bulunur cevaplar bilirsin.

Nişanlıydım biliyorsun, sonra ayrılık, sonra başka bir kadın...

Sordum kendime, eziyet gibi geçen o yılların ardından nasıl bu kadar kolay olabilmişti bir başkası? Bu kadar kolay mı olacaktı, olabilir miydi? Bunca yıl görmediğin biri bir günde nasıl değiştirebilirdi her şeyi?

Bu bir hediye değildi de neydi Saffet?

Sevilmeyi unutmuşum ben biliyor musun? Birinin gözlerine bakınca titremeyi, elini tutunca ısınmayı, ama öyle ısınmak değil, tepeden tırnağa bir ısınmak... Unutmuşum Saffet, hatırladım.

İnsan sevdiğine uzun uzun bakar derler. Ben yeri geliyor bakmaya utanıyorum. Nasıl olabilir diyorum, aklım almıyor, inanamıyorum.

Bu hediyeye her gün şükrediyorum, değerini biliyorum ama bazı şeyler yine elimden gelmiyor Saffet. Bir şey oluyor. Çok anlamsız. Sinirleniyorum, bağırıyorum, kırıp dökmeye başlıyorum. Saçma, biliyorum. Elimden geleni yapıyorum. Ama elimden gelen yetmiyor Saffet.

O an içimden bir kötülük çıkıyor ve onu bastıramıyorum, gözüme bir perde iniyor sanki, göremiyorum. Biri boğazımı sıkıyor, onunla cebelleşiyorum. Belki de ben aslında içimdeki karanlıkla savaşıyorum Saffet.

Sonra penceremin önüne oturuyorum yine, o savaşı kazandım mı bilmiyorum, kazanan, kaybeden kim, bilmiyorum. Sadece kendimle savaşıyorum, kendime inanamıyorum. Her şey iç içe geçiyor, kendimde kayboluyorum sanki.

İçimden çok şey geçiyor Saffet.

Belki de hâlâ tanımıyorum kendimi, sadece anımsıyorum.

Bu ben değilim.

İnsan bir şeye çok fazla odaklanmamalı belki de. Bir şeyi istiyorum mesela, tam olacak gibi oluyor ama olmuyor ya? Delirecek gibi oluyorum. Olmazsa ne olur halbuki ama bunu anlatamıyorum o an kendime.

Bölünmekten, birinin beni bölmesinden nefret ediyorum.

Kendimden şikâyetçiyim, bir o kadar da memnunum kendimden. Sana da oluyor mu bu?

Bazen insanların o anlamsız suskunluğu da batıyor bana. Mesela sen. Bu kadar laf anlattım hâlâ susuyorsun, bir cümle kur, bir şey yap istiyorum ama yok, hâlâ susuyorsun, bu da batıyor mesela.

Sonra kendime diyorum ki, hep öyle olmadı mı zaten,

Saffet hep susmadı mı? Hep ben konuştum ama ne olurdu bu sefer de sen konuşsan? Şu an sana en ihtiyaç duyduğum anlardan birindeyim ve sen hâlâ tek bir kelime etmiyorsun.

Ne yapmalıyım? Neler yapmalıyım?

Var mı bir çözümün? Var mı diyecek bir şeyin?

Yok. Zaten hiç olmadı.

Her zaman olduğu gibi şu an da çaresizliğin ucunda duruyorum, aşağı düşsem ne olacağını bilmeden hareket ediyorum.

Düşsem ne olur Saffet?

Ya da ben düşsem sen tutar mısın beni? Tutmayı bırak da, düşmeden önce bir dur der misin?

Yüzünü görüyorum Saffet, tanıyorum seni. Hiçbir şey yapmaz, öylece oturursun sen. Ben öldüğümle kalırım, sen yalnızlığınla.

Gidersem kimse konuşmaz seninle, unuturlar seni Saffet, insanlar unuturlar biliyorsun.

Ben seni unutmam Saffet.

Sen gel demeden gelirim, git desen de gitmem. Ki zaten git de demezsin bana, diyemezsin.

Sesin yok senin, ses tonun yok.

Şimdi git mi diyeceksin bana?

Sercan...

Git...

Bir yabancıyım bu kasabada,
Benimle istediğini yapabilirsin.
Bu kalabalıkta ne sansasyon olurduk
kim bilir?
Aşk kilit, bense gurur içinde oturuyorum.
Görebiliyorum, şimdiden
rüyalarımda benimlesin.
Benimsin...

Seni Soranlar Var

Verecek cevabın olmadığında kabulleniyorsun bir şeyleri. Umurumda değil dedikçe kabulleniyorsun. O soru cümlesinin kelimeleri kulaklarını, beynini dövdükçe kabulleniyorsun. Sorgulayan gözlerini yüzüne diktiklerinde kabulleniyorsun.

Kabulleniyorsun işte.

Kaçamadıkça kabulleniyorsun.

Kabullendim sevgilim, başkasını sevme olasılığını kabullendim. Bende unuttuğun ne varsa vedalaştım, arkalarından el salladım.

Ben seni soranlara sustum sevgilim,

Sen beni soranlara cevap verebilecek misin?

Alıştım

Asla hayal ettiğimiz gibi değildir hayat. Asla.

O akıp gider, sen bakarsın. Öylece bakarsın. Susarsın. Susmaktan kendi sesini unutursun. Ama içinde biri vardır, o susmaz. Durmadan konuşur, susturamazsın.

Sürekli benimle sohbet eden bir tip var beynimde. Bazen, "Sus artık" diyorum, yok. Gözümü hareket ettirdiğimde bile beynimin içi hemen kelime balonlarıyla dolup taşıyor.

Kalbim de öyle. Çok merak ediyorum, hayır sen benim haberim olmadan ne ara gittin de birini sevdin? Benim neden haberim olmadı, şu düştüğümüz vaziyet nedir şimdi, sen sordun mu bana? Gerçi sorsam da takan olmuyor ya, boş ver.

Aşk bu kadar kolay mı peki? Nedir aşk?

Bana sorarsan aşk annedir mesela, aşkın en temiz hali, en saf hali annedir. Ben onu öyle sevdim, ama yetmedi. Yetmez.

Bazen hayatın dalga geçtiğini düşünüyorum benimle. Bu bana mı özel sadece? Sanmıyorum, sen de tanıyorsun bu duyguyu.

Sonra kendimi bir sigara yakmış ve uzaklara dalmış bir halde buluyorum.

Omuzlarımdaki yükü yere bırakana kadar beynimle ve kalbimle her zaman kavga edeceğim, bunu iyi biliyorum.

Neyse, alıştım ben de.

Kimi sevdiysek orada kaldık ama onlar gitti. Kime âşık olduysak boş ver dediler suratımıza, kime sarılsak kaydı gitti kollarımızdan.

Tanıdık hikâye bu.

Alıştım ben, sen de alıştın biliyorum.

Uzatmıyorum.

Görürseniz söyleyin,

Gelmesin.

Sufle

Senin hayalin ne? Benimki sendin.

Benim en büyük hayalim sendin sevgilim. Ellerin avuçlarımda oturup biraz daha seyretmekti seni. Gitmeden biraz daha öpmekti. Hiç değilse son kez sarılmaktı. Cennet kokan saçlarını koklamak, içime çekmekti...

Biz ne zaman bu hale geldik be kadın? Sen ne zaman beni sevmekten vazgeçtin? Biz seninle ne zaman bu kadar uzak düştük?

Kaşlarımı çattım şimdi yalnızlığa, geceme hüzün doldu. Yıldızlara baktım, belki ordasındır diye. Bir otobüs camında, "yalnızlık bize yakışır" diye bir cümle okumuştum.

Söylesene, gerçekten yakıştı mı bize yalnızlık?

Ben sevemedim, bence yakışmadı.

Evdeki tüm kapıları kapattım, yüreğimi de.

İnsan sufle yerken ağlar mı? Ben ağladım. Yutkunamadım.

Bensiz sufle yeme olur mu? Yiyeceksen de üzülme.

Söz, ben seni unuturum sevgilim.

Belki bir gün karşılaşırız.

Sen bana kızının fotoğrafını uzatırsın, ben sana sufle ısmarlarım...

Toprağın Bol Olsun Kadın, Yine Dediğin Çıktı

Benden adam oldu babaanne...

Herkes bundan adam olmaz derken bana bir tek sen inandın. Dediğin oldu babaanne, zaten her dediğin de çıkardı bu dünyada.

Biliyor musun aslında son zamanlarda ben de onlara inanmaya başlamıştım. Ama kim ne derse desin ya da ne olursa olsun, şu an umursadığım tek gerçek ne biliyor musun?

Seni çok özledim.

Afedersiniz, babaannemle konuşmaya dalıp sizi onunla tanıştırmayı unuttum. Babaannem, yani Utarit Demir, ismi bir yıldız anlamındaymış, ben de ilk duyduğumda bu nedir acaba dedim, çok da güldüm. Siz de gülebilirsiniz, serbest. Benim tontonum alınmaz böyle şeylere. O, playstation oynayan bir insandı, yani şaka değil, birçok oyunun tüm serilerini de bitirmiş bir insandır kendisi.

Eğlenceli bir kadındı ama tersini görmeyin. Dedeme tek laf geçirebilen insandır, eğlencelidir ama yeri geldiğinde masaya yumruğunu vurur, otoritesini kullanırdı. Hayatımız boyunca bize baktı, az çilemi çekmedi.

Dediğim gibi, ailem, arkadaşlarım, tanıdığım herkes bundan adam olmaz derken, sadece o bana inandı, bunu defalarca söylesem yetmez.

Babaanne, biliyorsun ben fazla sevgi gösterebilen bir adam değilim, asla da öyle olamadım.

Ama seni çok özledim ben. Bana bakışını, hasta olduğumda gösterdiğin ilgiyi, şefkati, o güzel yüreğini...

Babaannem benim kollarımda öldü.

İçeride arkadaşlarımla oturuyordum. Bir anda halam içeri girdi, "Babaannen fenalaştı gel" dedi. Hemen koştum. Kollarına girip salona getirdim. Gözlerimin içine baktı, "İyisin" dedim, "merak etme."

"Tamam" dedi, nefes alışverişi düzeldi. Sağ elimi yanağına koydum, sol elimle de bir yandan vücudunu tutuyordum. Gözlerime baktı. O an anladım. "Ambulansı arıyorum" dedim, usulca başını salladı. İçeri bağırdım hemen "Ambulansı arayın" diye, nefes alış verişi hızlandı. Onu oyalamam gerekiyordu.

"Bana bak dedim, bana bak!"

Baktı.

"Bak Playstation 3 çıkmış, söz, yarın alacağım sana. Şimdi ambulans geliyor, hemen bir gideceğiz hastaneye, geleceğiz. Sonra çay koyarız, yarın da gidip beraber alırız" dedim. "Tamam" dedi.

"Heh" dedim "böyle nefes al, güzelce ver" dedim.

Gözlerini hafifçe kapatıp açtı. "Sercan" dedi, gülümsedi.

Ben sağ elimle yüzünü severken, bir anda gözlerini kapadı ve elimin üstüne ağırlığı düştü. Hayatımda sağ elimle o kadar çok yumruk atan ben, o an elimden nefret ettim.

Başı elime o kadar ağır geldi ki...

O kadar ağırıma gitti ki...

Tutamadım kendimi, bağırdım.

"Kalk! Uyan babaanne, lütfen uyan!"

Dedeme bağırdım, "Nerede bu ambulans" diye. Herkese, her şeye bağırdım. Başı hâlâ avuçlarımdaydı, hâlâ bırakamıyordum onu, beynim öldüğünü kabul etmiyordu. Aradan beş dakika geçti, ambulans gelmişti.

Makineler, kablolar, bir şeyler bağladılar, kalbini tekrar çalıştırdılar, tekrar geri döndü, "Yaşıyor" dediler.

Ama ben hissettim geri gelmeyeceğini, bana bakıp gülümsediğinde bana veda ettiğini anlamıştım.

Bir hafta makinelerle kalbini çalıştırdılar. O hastane günlerini anlatamam, tarifi imkânsız benim için.

Sonra bir sabah haberi geldi. Hayatımda hiç o kadar hızlı motor kullanmamıştım. Kaskımın içinde ağlarken görmeliydiniz beni, hastaneye nasıl geldiğimi hatırlamıyorum.

"Görmek ister misiniz" dediler, "Evet" dedim. Beni kocaman, soğuk bir odaya götürdüler. Ben ne anlarım o odadan. Meğer morgmuş orası. En son orada gördüm babaannemi. Bana en son gülümsemesi hâlâ yüzündeydi...

O an kendi kendime dedim ki "Babaanne, ben adam olacağım, hem de senin dediğin gibi, istediğin gibi bir adam!"

Toprağın bol olsun kadın, yine dediğin çıktı. Ben adam oldum.

Umut

Her yerde bir umut vardır. Ama benim tanıdığım tek bir umut var. Barın arka tarafında duran, hep gülümseyen bir adam. Belli ki çok sıkıntıları vardı hayatı boyunca, çok kavga etti. Yani etmiş, belli, gözlerinden anlıyorum. İçinde sinir var, bazen nefret. Hayatta tek başına kalmış bir adam o.

İyi bir barmen.

Görüyorum, yanında çok şirin bir kız arkadaşı var ve galiba sadece ikisi birbirine tutunmuş vaziyetteler.

Onlara bakınca aklıma sen geliyorsun. Herkesin bir umudu vardır deyip, seni anıyorum.

Dünyadaki herkesin beni reddetmesi gibiydi gidişin.

Bir dala tutunursun da hani, tamam, dersin. Sonra o dal kırılır. En beklemediğin anda kırılır ya, öyle bir his.

Sonra yere düşersin, yine de gökyüzünü izlersin. Bulutlar akıp gider, hayal edersin. **En son hayaller biter.**

Umut edersin sonra inadına, parayla değil ya.

Sen hiç kendini kandırmayı denedin mi? Mesela Umut bana, "Sen herkesin süper kahramanısın" der. Kaybeden süper kahraman mı olur? Süper kahramanları filmin sonlarında öpüyorlar, bizde durum farklı. Hem süper kahramanların canı acımaz benim bildiğim, peki benim neden canım acıyor?

Neden filimin sonunda ben yeniliyorum?

Ben süper kahramansam, esas kız beni neden sevmiyor?

Belki de süper kahramanlar da yeniliyordur ve bizi kandırmışlardır. Yani, ya ben süper kahraman değilim, ya da süper kahramanların asıl sonu bu.

Ben Umut'a bir keresinde şey dedim,

"Her şeyde, her yerde bir umut vardır."

O da bana, "Sen her zaman ruha işledikçe, umut eksilmez bence" dedi.

Yani demek istedi ki, yani, ben öyle anladım, "Senin bir tek kendine hayrın yok kardeşim". Haksız da sayılmaz.

Bak yine aklıma geldi.

Dünyanın en güzel ânıydı. Motorumdan indim, ona doğru baktım, gülümsedim, kafasını çevirdi. Bir adam seslendi, dondum kaldım.

Birbirimizi tanımıyor taklidi yaptık. Olsun.

Sanırım bir süper kahraman olarak umut etmeyi daha iyi öğrenmem gerek.

Sarıya kaçan ince telli saçlarına
ürperiyor derim,
Çehrem yanıyor susadığım parmaklarına,
Ve ayaklarım yalpalıyor tüm geri dönüşü
olmayan kaçışlara...
Her gün dokundan bir parça söküyor
Mütemadiyen ağlamaklı olan gözlerim,
Ve burnum susmuyor senli tüm soluklara
koşmaktan.
Sırtım dönmüyor sırtına.

Fazla Naz Âşık Usandırır

Herkes kullanır bu lafı ama ne için söylendiğini bilmeden. Aslına bakarsan bu bir uyarıdır.

Eğer ki sen o gözlere kudretinden fazla maruz kalırsan, yediğin kül, içtiğin kan olur.

Tek çaresi vardır, sürekli bakmalısın o gözlere. Yoksa birinci elden öğrenirsin insanın ruhsuz nasıl yaşadığını.

Hele teni...

Sanki tüm bu rüzgârlar saçlarını şefkatle okşasın diye, sanki güneş her gün Allah'ın yüceliğini insanoğlu görebilsin diye uyandırır onu her sabah. Yüreğini alır senden söke söke!

Avuçlarına hapseder, gönüllü tutsağı olursun.

Onun bir saniye mutluluğu için, bin yıl cehennemi göze alırsın.

Ne çöller deva olur derdine, ne sıra dağlar.

Anlayacağın sevgilim, ne Mecnun kalır Leyla'ya, Ne Şirin'e Ferhat. Usanırsın...

Yüz üstü bıraktınız o canım sevmeleri.
Bir daha geri dönemediniz.

Özlüyorum Seni

Hem kilometrelerce uzağımdayken hem de bir milim yakınımdayken.

Seyrediyorum seni.

Gördüklerimde olmak istiyorum. Darmadağın olmuş saçlarında, gözlerinde, bıçak gibi keskin dudaklarında, avuçlarının içinde...

Her bir zerrene değmek istiyorum. Çıldırıyorum benim gördüklerimi görebilen yabancılara, belki en yakınındakilere. Benden öncesi, geçmişin, hiç dillendirmek istemediğim yaşamışlıkların. Bensizdin, bambaşka biriydin. **Benden önceni kıskanıyorum senin.**

Bilenlerden dinliyorum ama duymak istemiyorum.

Kulaklarım almıyor, sen bana çok yabancıyken...

Unutmak

Boğazıma düğümlendin.
Nasıl kıyarsın dedim içimden.
Unutamazsın sen.
Unutmak sana yakışmaz.

Hatırladığım kadar öldüm.
Her şey sustu şimdi,
Ben seni dinledim.

Vasiyet

Bundan 40 yıl sonra yalnız bir adam olacağım. Öyle hissediyorum. Ne karım olacak ne çocuğum. Öyle, tek başına öleceğim.

Vasiyetim şu...

Varsa param, hepsini bağışlayın. Vücudumda kullanılabilir ne kadar organ varsa ve kime ne yarıyorsa, dağıtın.

Ama kalbimi vermeyin.

Kalbim sadece ona ait ve hep öyle kalacak. Ben ondan başka kimseyi sevmeyeceğim, sevemem. Çünkü onun baktığı gibi bakamaz kimse bana.

İçimden hep, "Beni neden sevmedin" diye sordum. Durmadan sordum. Cevap bulamadım.

Olsun.

En azından ben sevdim, bu ikimize de yeterdi.

Bu bedende bu kalp sadece ona ait diyorum işte, sevmese de ona ait. Kimseye vermeyin.

Bencil olduğumu mu düşünüyorsun? Bana sorarsan o bunu hak ediyor yine de. Kimse bunu bana çok görmesin. Hayatı boyunca kimseye sevgi besleyememiş bir adamın son isteği bu.

Kalbimi ona verin. Kabul etsin.

Hak ediyor muyum bunu? Bilemem.

Belki de etmiyorumdur...

Avazım çıktığı kadar bağırmak istiyorum. Yaşlanınca da büyük ihtimal böyle olurum. Hele ki şimdi bu kadar huysuz bir herifken, yaşlanınca nasıl olurum, tahmin edebiliyorum.

Mutluyum onun adına. Benim gibi bir adamla ne işi olurdu zaten, zindana mı dönseydi hayatı?

İyi ki sevmedi beni.

Aslına bakarsan, "beni neden sevmedin" diye sormam bile hata. Ama insanım ben. Dilim sussa yüreğim konuşur.

Siz hiç onun için dua ettiniz mi? Gerçekten.

Kendinizi bırakıp bir kenara, sadece onun için, onun iyiliği için dua ettiniz mi? Ben, benden kurtulsun, daha mutlu bir hayatı olsun diye ettim hep, kendim için etmediğim kadar içten ve saf bir şekilde yalvardım Allah'a bunun için.

Sana sevgisini göstermeyen, sen dahil dışarıdaki herkese ve her şeye kapılarını kapatmış, yüreğinin odalarını arkasından kilitlemiş bir adama ne kadar katlanabilirsin? Ne kadar sevebilirsin? Yeter mi? Yetmez, değil mi?

Yalnızlığa mahkûm bir adamım ben, böyle yaşayabilirim.

Nasıl diye sorma, yaşarım.

Önemli olan onun beni sevmesi değil, benim onu sevmem. Bana hatıraları yeter, inan ki yeter.

Nasılsa unutmayı değil, hatırlamayı seçmiş bir adamım ben...

Kapıları kilitli bu yüreğin içinde, son ânıma kadar onu taşıyarak öleceğim ben.

Çünkü ben olmak, onunla ölmek demek.

Sevdiğin kadına böyle davranıyorsan, ona hak ettiği mutluluğu veremiyorsan...

Onun mutluluğu için dua et.

O yapamıyorsa bile, sen kopar onu kendinden.

Sev ama terk et.

Sev ama onsuz öl...

Yollarına koyuldum en vakitsiz vakitlerimde,
düşlerimde boğdum yüzünü.
Kalamadım, kaçamadım da.
Kalbim koşsa ayaklarım geri kaçtı,
ellerim yetişse...
Birileri...

Yağmur.
Sen gittiğinden beri beklemediğim en son şey.
Toprak.
Kavuşmaya yakın hissettiğim ilkim.
Gözleri dudaklarından daha güzel gülen
kaç kadın tanırsın ki?
Ya da saçları teninden açık
kaç beden sarılır sana?

Sorulara dolanmış bir ömrün
içinden geliyorum ben sana.
Tükenmiyor.
Ben tükeniyorum, sorular tükenmiyor.
Sevgilim.
Biz seninle en soğuk iklimlerde güldük
gecelerin en karanlığında.
Gülümseyebildik.
Yeşermemiş çimenlerin üzerinde dans ettik,
doğmamış bebeklerin teninde ısındı yüreğimiz.
Biliyorum, şimdi hiçbir cevap çözemez beni.
Hiçbir cevap yüreğimi serinletemez.
Ahım olsun.
Al eline silgiyi, tüm sorularımı sil.
Yüreğim tek bir cümleyle çarpıyor şimdi sana.
Sen.
Beni neden sevmedin?